D1873187

Paulus Hochgatterer • Wildwasser

Paulus Hochgatterer

Wildwasser

Erzählung

Deuticke

Für meinen Vater
und für
Johannes, meinen Sohn

Ich faltete penibel meine Serviette zusammen, stand auf und sagte: Vale, Sancte Pater!

Anthony Burgess: »Earthly Powers«

1

Kyrie eleison.
Christe eleison.
Kyrie eleison.

Der Tag, an dem ich von zu Hause wegging, um meinen Vater zu suchen, war der Tag, an dem Johnny Herbert den Grand Prix von Silverstone gewann. Draußen hatte es fünfunddreißig Grad im Schatten und Luftfeuchtigkeit Null. Auf den Liegewiesen der Bäder fügten die Menschen einander leichte Weichteilquetschungen zu. In der fernsten Einsamkeit des Atlantiks drehte sich angeblich ein mittleres Sturmtief. Seine äußersten Wolkenableger erreichten Neufundland und die Färöer Inseln.

Zwölf Runden vor Schluß biß sich Damon Hill am Hinterteil des führenden Michael Schumacher fest, und es war nur mehr eine Frage von Minuten, bis er den arroganten Deutschen hinter sich lassen würde. Dann fuhr er eine Linkskurve einen Deut zu spät an, der Williams bohrte sich seitlich in den Benetton, und beide waren draußen. Schumacher schimpfte irgendwas von »Arschloch«, das konnte man auf dem Bildschirm deutlich sehen. Mit einem Blick wie ein beleidigter Papagei stolzierte er zur Box zurück. Hill schaute etwas betreten, und das war recht so. Auf niemanden war Verlaß.

Vor dem Fernseher hatte es vierunddreißigeinhalb Grad und neunundneunzig Prozent Luftfeuchtigkeit. Das machten die Zimmerpflanzen. Nicht, daß ich grundsätzlich was gegen Zimmerpflanzen habe, ganz im Gegenteil, hier und dort ein Blatt oder eine Blüte, das verbessert das Raumklima, und auch für die Nerven soll es gut sein. Sobald sich das Zeug allerdings zum Dschungel auswächst, wird das Klima tropisch, und für mitteleuropäische Nerven ist das mit Sicherheit nicht gesund. Verantwortlich für das Dikkicht ist meine Mutter. Seit sich mein Vater im September vorletzten Jahres verabschiedet hat, hätschelt sie die Gummibäume, Scheffleren und Dieffenbachien, als seien sie alle irgendwelche Exoten, die nur einmal im Jahrhundert für zwanzig Sekunden blühen. – Das bin ich ihm schuldig, sagt sie und bekommt einen feuchten Blick. Vater goß die Pflanzen einmal pro Woche, meistens am Freitag, da kam er früher von der Arbeit nach Hause – einmal pro Woche pures Wasser, sonst nichts. Jetzt gibt's alle paar Tage Dünger, Brennesseljauche gegen Ungeziefer, Abreibungen mit Seifenlauge und weiß Gott noch was. Die Pflanzen wissen vermutlich nicht, wie ihnen geschieht, und glauben jetzt, sie seien all die Jahre grob vernachlässigt worden. Garantiert halten sie meinen Vater im nachhinein für einen sadistischen Gefängniswärter, der sie am Existenzminimum gehalten hat. Meiner Mutter braucht man das erst gar nicht zu erklären: feuchter Blick. Das bin ich ihm schuldig. Er hätte seine Freude daran. Und so weiter.

Schumacher war also draußen – das Beste, das in einem Formel-1-Rennen überhaupt passieren kann – Gerhard Berger war längst der Motor eingegangen, die Radaufhängung gebrochen und die Elektronik durchgebrannt, alles gleichzeitig, aber daran hatte man sich in letzter Zeit ja gewöhnt, und Damon Hill war auch draußen, das war ich gerade dabei zu verarbeiten. Ich hängte meine Hoffnungen an

David Coulthard, den zweiten Williams-Piloten. Williams ist ein sympathisches Team, und das Gerücht, Berger werde demnächst von Ferrari zu Williams wechseln, gab zusätzlich zu ein wenig Hoffnung Anlaß. Coulthard hingegen ließ mich im Stich. Sie brummten ihm wegen Geschwindigkeitsüberschreitung bei Ausfahrt aus der Box zehn Strafsekunden auf. Damit war die Sache gelaufen, er selbst Zweiter und erst recht ein Benetton voran. Wieder einmal hatte sich ein Statist durchgesetzt, einer jener Niemande, die man nur kennt, weil sie in jedem zweiten Rennen gleich nach dem Start eine Massenkarambolage verursachen. Johnny Herbert - allein dieser Name: wie von einem Vizeweltmeister im Diskuswerfen oder vom neuen Bademeistergehilfen aus »Baywatch«. Ich wartete nicht auf die Champagnerspritzerei, sondern drehte den Fernseher ab, stand auf und machte dem Streifenphilodendron neben der Glasvitrine einen Knick in sein größtes Blatt. Danach reckte ich die Hand mit dem Victory-Zeichen empor gegen die Wand über der Vitrine. Dort hing Vaters schwarz-silber gesprenkeltes Kevlar-Paddel.

Mutter und Franziska saßen auf der Loggia, beide hatten die Füße auf der Brüstung, hielten ihre Gesichter in die Sonne und schlürften irgendein rotes Zeug mit Eiswürfeln. Mir hatten sie natürlich nichts gemischt, gebracht schon gar nicht. Überhaupt schauten sie mich eindeutig unfreundlich an. - Na, wer hat gewonnen? fragte Mutter und quälte sich eine Art Lächeln ab. - Richard McGere, sagte ich, was trinkt ihr da?

Richard McGere? Den kenn ich nicht.

Ein Neuer. Ist das Himbeersaft?

Woher kommt er? Aus Amerika?

Schottland. Ein Talent.

Richard McGere – sagt mir rein gar nichts. Muß ein echter Senkrechtstarter sein.

Jawohl, ein Senkrechtstarter. Was trinkt ihr da?

Aber andererseits hat der Name einen vertrauten Klang.

Meine Schwester befand sich wohl gerade in einer ihrer seltenen hellen Minuten und explodierte: Merkst du nicht, wie er dich verarscht?! kreischte sie meiner Mutter zu, er macht sich lustig über dich, geradeso wie er sich immer lustig macht, wenn ihn irgendwas ärgert! Mutter bekam ihre asymmetrischen Nasenwurzelfalten, die linke länger und tiefer als die rechte. Ich hatte wirklich keine Lust auf Streit. – Johnny Herbert hat gewonnen, sagte ich, das ist die Wahrheit. Der Name wird euch genausowenig sagen wie Richard McGere, aber es ist die Wahrheit. Darf ich jetzt auch sowas zu trinken haben? – Es ist Campari-Soda, sagte meine Schwester und reckte triumphierend ihre Nase in die Höhe.

Wie bitte?!

Campari-Soda! Campari-Soda! Campari-Soda! Sie klimperte mit den Eiswürfeln vor meinem Gesicht herum. Ich blickte einige Male zwischen Franziska und Mutter hin und her und schaute dabei vermutlich ziemlich blöd. – Täusche ich mich, sagte ich schließlich, oder hat meine Schwester vor dreieinhalb Wochen ihren dreizehnten Geburtstag gefeiert, nicht den dreiundzwanzigsten, nicht den sechzehnten, nein, den dreizehnten?! – Du täuschst dich nicht, Jakob, sagte Mutter. – Du täuschst dich nicht, Jakob! keppelte ihr Franziska hinterher. – Du täuschst dich nicht, Jakob, sagte Mutter in dem bewußten Jetzt-wird-es-ernst-Ton, es ist eine Ausnahme, es ist eine besondere Situation. Sie klang kein bißchen unsicher, und ihre Nasenwurzelfalten waren noch ausgeprägter geworden.

Gibst du den Kleinen im Kindergarten in besonderen Situationen auch Campari-Soda? fragte ich.

Mutter schlug den Boden ihres Glases in kleinen, harten Stößen gegen die Metallplatte des Balkontisches. – Es ist eine ganz besondere Situation, sagte sie, verstehst du, eine ganz besondere Situation! Sie betonte jedes Wort und brauchte es gar nicht auszusprechen: Ich war nicht erwünscht. Ich sollte verschwinden. Ver-schwin-den! Tok-tok-tok! Campari hätte ich sowieso keinen gewollt.

Es war, als drücke jemand ganz kurz und sanft seine Fingerkuppe auf meinen inneren roten Schalter, vielleicht jemand, der gar keine Ahnung hat, was er dabei riskiert. Es war wie ein gerade noch erträglicher kleiner Funkenüberschlag, wie das Flaschenbürstengefühl unter dem Brustbein, wenn man auf einen elektrisch geladenen Weidezaun greift.

In meinem Zimmer gibt es keine Spur von Vegetation. Für die Zukunft kommen ärgstenfalls Wüstenpflanzen in Frage, vielleicht ein paar von diesen mongolischen Kakteen, die schon mehr Mineralien sind als Lebewesen. An dem Zustand, daß alles an mir klebte, änderte sich freilich nichts. Trotz des Abgehens unmittelbarer botanischer Wasserabdünstung hatte sich also die Glashausfeuchtigkeit des übrigen Hauses erbarmungslos auch hier eingeschlichen. Ich streckte mich aufs Bett und wünschte mir eine Klimaanlage.

Eine besondere Situation, eine ganz besondere Situation: Die beiden sprachen über Monatshygiene, daran gab es angesichts des vertraulichen Köpfezusammensteckens wenig Zweifel. Daß sie mich weghaben wollten, wäre ja, genaugenommen, noch nicht so außergewöhnlich gewesen. Aber der Weihrauch war unüblich. Ein paar rote Tropfen, und schon wurde heftig diskutiert über Tampons und Binden und extradünn und Saugkraft und Haftstreifen und Schwimmengehen und sonstwas. Dazu tranken sie Campari Soda. Nicht daß meine Mutter eine Alkoholikerin wäre, nein, aber sobald sie Alkohol trinkt, verliert sie ihre Kritikfähigkeit, und die erste Konsequenz ist, daß sie fortfährt, Alkohol zu trinken. Das passiert in der Tat nur gelegentlich, doch würde ich sie auch nur einmal am Morgen beim Alkoholtrinken erwischen, so würde ich mir echte Sorgen um die Kinder im Kindergarten machen. Ich bin ziemlich sicher, daß sie nie trinkt, bevor sie von der Arbeit nach Hause kommt. Jetzt allerdings war Sonntag, sie trank mit Franziska, und irgendwie, denke ich, ist eine Mutter für eine Tochter doch mehr Vorbild als für einen Sohn.

Ich warf die CD, die auf dem Stapel ganz oben lag, in die Sound-Machine. Es war ein Sampler von Rave-, Dancefloor und Quatschnummern aus der letzten Zeit. Am Anfang kam Scatman von Scatman John, in den Charts damals zirka die fünfzehnte Woche die Nummer eins. Ich holte zuerst die beiden NAF-NAF-T-Shirts, das ultramarinblaue und das moosgrüne, aus dem Kasten und legte sie aufs Bett. Dann die orangefarbenen Best Montana-Shorts mit der grünen Aufschrift. Die schwarze 615er Levis. Die 501er war mir im Schritt zu kurz. Ich kenne überhaupt niemanden, dem die 501er wirklich paßt. Dann die neuen dunkelblauen Leinen-Sportschuhe. No name. Hundertneunundneunzig fünfzig. Stinken wie eine Reifenfabrik. Die dunkelgrüne Nike-Windjacke, Aufschrift in Weiß und Gelb, rechte Zipptasche innen durchgerissen: Faust hineingestoßen voller Wut, ratsch. Ich faltete alles ordentlich und stapelte es übereinander. Es entstand ein niedriger, quaderförmiger Stoß. Ich schaute ihn an und wurde immer trauriger. Es war komisch: Das Betrachten eines lächerlichen Häufchens von Kleidungsstücken machte mich traurig, nicht ein bißchen, sondern so richtig dunkelschwarz traurig, so als, ich weiß nicht, als läge dort tot mein Kater. Das hielt an und wurde immer ärger, nicht zu stoppen, wie eine Betonplatte, die auf einen herabgesenkt wird.

Schließlich rettete mir »Doop« das Leben. »Doop« von Doop. Diese Nummer, die aus nichts anderem besteht als aus hundertzwanzig Schlägen pro Minute und einem absolut irren Klarinettenlauf. Herzschlag auf Touren, Klarinette, tatatatatatatata, Klarinette, die hundert Meter unter zehn Sekunden, tatatata, Klarinette. Ein Kran, der die Betonplatte wegschwenkte, als sie eben meinen Scheitel berührte. Ich drückte auf »repeat song«. Dauerdoop. Aus dem Nachtkästchen nahm ich den Taschengürtel, die Sonnenbrille und das Fixiermesser. Mitsamt den Kleidern stopfte ich die Sachen in den kleinen signalgrünen Rucksack. Ich zog mich aus und schob das verschwitzte Zeug unters Bett. Ich schlüpfte in meine Radlershorts und in mein altes dunkelgraues Lieblings-T-Shirt von Diesel. Tatadoopdooptatadoopdoop. Helm? Kein Helm. Schirmkappe. Die fingerlosen Handschuhe. Die Shimano-Schuhe, die ich mir selbst als Trost zum Schulschluß geschenkt hatte. Nein, noch nicht, die Schuhe würden auf dem Holzboden einen Höllenlärm machen. Tatadoopdoop. Ich drehte vorsichtig noch einen Teilstrich lauter und ging in Socken ins Wohnzimmer.

Ich kramte mein Sparbuch aus der mittleren Kommodenlade unter der Tischwäsche hervor und stahl siebenhundertzwanzig Schilling aus Mutters Geldbörse, kleine Scheine. Die Bankomatkarte ließ ich drinnen, obwohl ich den Code seit Jahren kenne. Dreiundneunzigzwölf. Mutter würde es vielleicht zu schätzen wissen. Andererseits war es mir egal. Ich wollte mir nur nicht wirklich wie ein Verbrecher vorkommen. Aus der Speisekammer holte ich mir die einzigen beiden Tafeln Schokolade, die vorhanden waren, eine Frigor von Lindt und, obwohl ich sie nicht so unbedingt mag, eine Finessa Schwarzwälder Kirsch von Suchard. Traubenzucker gab's nur mit Pfefferminzgeschmack, und von Pfefferminze bekomme ich regelmäßig Brechreiz, wenn ich mich vorher angestrengt habe.

Auf dem Rückweg machte ich dem Streifenphilodendron neben der Glasvitrine auch ins zweitgrößte Blatt einen Knick. Tatadoopdoop. Dann stieg ich auf einen Sessel und nahm Vaters Paddel von der Wand. Mutter und Franziska würden sein Fehlen in zirka drei Tagen bemerken und schwer erschüttert sein. Momentan saßen die beiden wohl nach wie vor auf der Loggia, die Beine auf der Brüstung, pappten sich Sonnencreme aufs Dekolleté und nippten am letzten Drittel des zweiten Campari-Soda. Vermutlich hatte Mutter schon begonnen, über Männer zu sprechen und über deren Unfähigkeit, das Weibliche an sich zu begreifen. Ich dachte an always ultra und, wie o.b. die Regel im Inneren des Körpers aufnimmt, und ich wußte, daß Mutter, was mein Verhältnis zum Weiblichen an sich anlangt, hundertprozentig recht hatte.

Ich stellte »repeat song« ab, und nach dreieinhalb Minuten hatte es sich ausgedoopt. Es folgte eine der leicht verwechselbaren Nummern von D. J. Bobo, danach »Mief« von den Doofen: Nimm mich jetzt, auch wenn ich stinke, denn sonst sag ich winke, winke und good bye. Das war die rechte Untermalung für einen unauffälligen Abgang. Ich nahm Rucksack, Paddel und Schuhe und schwebte davon aus dieser modrigen Atmosphäre. Für einen Moment blieb ich mit den Augen an jenem Kratzer hängen, den ich vor einiger Zeit in einer ziemlich zornigen Verfassung in den linken Türflügel meines Kleiderschrankes gegraben hatte. Wenn man lange genug hinschaut, beschreibt er die Umrisse eines Pinguins.

Auf dem Gang zur Garage spielte Marquis Posa mit einer Holzkugel. Ich habe den Kater umgetauft, nachdem wir mit Sylvia Schenk, unserer Musikprofessorin, in der Oper »Don Carlos« gesehen hatten. Da war ein langmähniger, zirka zwei Meter großer Mensch, der in einem schwarzen Lederdreß steckte und mit einer Stimme den Posa sang, die einem noch in die Haarwurzeln fuhr, als ihn der senile König längst erschossen hatte. Daß er sich für seinen geisteskranken Freund hinmetzeln läßt, ist im Grunde genauso abwegig wie der Rest des Stückes, doch die Art und Weise, in der dieser Typ es zelebrierte, konnte einen nicht kalt lassen. Franziska interessierte das alles nicht. – Du hast kein Recht, ihn einfach umzutaufen! brüllte sie, Felix gehört zu fünfzig Prozent mir! Mutter sagte etwas völlig Unparteiisches über die Rücksichtnahme des Älteren der Jüngeren gegenüber, was nichts daran änderte, daß der Kater kohlrabenschwarz und langhaarig ist wie dieser Sänger. Er wurde jedenfalls in der Folge von Franziska Felix und von mir Marquis Posa gerufen. Er hat glücklicherweise immer schon eher auf mich gehört. Franziska forderte als Ausgleich für sich allein eine weiße Katzendame, und Mutter sagte, sie sei doch nicht verrückt.

Marquis Posa trieb also gemächlich eine Holzkugel vor sich her, die sich bei genauerem Hinsehen als Bestandteil von Mutters pädagogisch hochwertigem Montessori-Spielzeug entpuppte. Er gab dabei keinen Laut von sich, wie die Kinder im Kindergarten. Armer Kater! – Wehr dich,

Posa, sagte ich, laß dir nichts gefallen! Es gibt Leute, die bringen ihre Katzen, Hunde und Hamster um, bevor sie für immer weggehen, weil ihnen die Vorstellung unerträglich ist, ihre Tiere könnten sie mit einem anderen Menschen betrügen. Mit der Fußspitze schob ich dem Kater die Holzkugel hin. Er legte den Kopf schief und schaute mich an. – Vergiß Montessori, Posa, sagte ich, vergiß es!

In der Garage war es kühl. Wahrscheinlich war dies der einzige Ort in Mitteleuropa, an dem es an diesem Tag kühl war. Vielleicht täuschte auch das Fenster, das eine Art Aquariumslicht erzeugte. Auf der oberen Wandhalterung lag das türkisgrüne Gattino, das Boot, mit dem ich immer gefahren bin. Die Bügel darunter waren leer. Im linken Spind des Blechschrankes hingen meine Spritzdecke und mein gelb-violett gestreifter Neoprenanzug. Ganz hinten lehnte mein Paddel, blau mit silbernen Sternen auf den Blättern.

Der Volvo stand absolut schief in der Garage. Er steht immer so, seitdem Mutter ihn fährt. Das linke Außenspiegelgehäuse ist zersprungen und der Frontspoiler abgefallen. Straßenlaternen, Randsteine: Überall gibt es natürliche Hindernisse. Trotzdem bleibt der Volvo das sicherste Auto! – Du schwörst doch auf diesen Kübel einzig und allein, weil die Ladefläche so groß ist, daß du dein Ruderzeug nur einfach so hineinzuschmeißen brauchst, hatte Mutter Vater immer wieder angeätzt. Sie hatte sich bis zuletzt geweigert, einen Unterschied zwischen Rudern und Paddeln zu machen. – Ein netter kirschroter GolfGTI hätte um hundertfünfzigtausend weniger gekostet. Ich konnte den Spruch schon nicht mehr hören.

Im Auto roch es nach Schweiß und nach Franziskas »Big Banana«-Sonnenöl. Vom Innenspiegel baumelte der winzige Kajak aus Zahnkeramik mit hinten und vorne einer Goldspitze. Einem seiner Zahnärzte hat Vater aus Zahnkeramik einen Jagdhund mit goldener Schnauze gemacht. Ich legte die Hände aufs Lenkrad. Ich wußte, wo in der Wohnzimmerkommode der Reserveschlüssel lag. Kupplung, starten, Rückwärtsgang, langsam weg von der Kupplung, ein wenig Gas geben, die Auffahrt hinunter, nach links einschlagen, stopp, Kupplung, erster Gang, Gas, Kupplung, zweiter Gang, Blinker nach rechts, abbiegen, und beim Elektrogeschäft ist man außer Sichtweite unseres Hauses. Ich öffnete das Handschuhfach, nahm alle fünf Teile der Straßenkarte Österreich eins zu zweihunderttausend heraus und stopfte sie in den Rucksack. Er sah jetzt aus, als sei eine Wassermelone drin.

Ich drehte mich um neunzig Grad, so daß die Beine zur Tür hinaushingen, und schlüpfte in die Shimano-Schuhe. Auf dem Betonboden klapperten sie wie Pferdehufe. Ich hob mein Scott Yucatan aus dem Vertikalständer, prüfte die Kettenspannung und pumpte Luft nach. Mit gelb-grün gestreiftem Elektrikerdraht fixierte ich Vaters Paddel am oberen Rahmenholm und an der Sattelstütze. Die Paddelblätter ragten vorne und hinten über wie die Seitenruder eines eigenartigen Flugzeuges. Langsam, um möglichst wenig blechernes Kreischen zu verursachen, zog ich das Garagentor hoch. Ich saß auf, ließ mich die Zufahrt hinabrollen, geradewegs in die weiße Hochofenhitze hinein, bog nach links ab, spannte die Oberschenkel und schaltete hoch. Abzweigung nach rechts, die drei Säulenthujen, das Elektrogeschäft, der Zeitungskiosk, davor der Citroën-Transporter des Trafikanten, der gelbe Rautengitterzaun, der Kiesbehälter aus Waschbetonplatten, das Wartehäuschen der Bushaltestelle. Die Blätter des Kastanienbaumes hatten seit dem Frühjahr breite braune Ränder. Ich klappte den Schirm meiner Kappe hoch und schob mir die Schultern unter dem Rucksack zurecht. Das optische Display meiner Schaltung zeigte den zwölften Gang. Ich war auf einer leichten Steigung unterwegs nach Westen.

2

Gloria in excelsis Deo
et in terra pax hominibus
bonae voluntatis.

Ich zog mehrmals hintereinander die Heckbremse, ganz kurz und leicht; es war wie ein Fingerflattern. Das Hinterrad schlingerte unter weichem Knirschen einen Zehntelmillimeter an der Stoßstange eines provokant dastehenden grellgelben Chevrolet Saratoga vorbei, mein linkes Knie näherte sich bis auf eine Handbreit dem Boden, und der Rucksack pendelte mir mit Wucht gegen den linken Oberarm. Durch eine genau dosierte Lenkerbewegung nach rechts erreichte ich, daß sich das Fahrrad langsam, wie in Zeitlupe, wieder zur Vertikalen aufrichtete, während ich mich zugleich entlang einer Hyperbel dem Randstein näherte, ohne ihn dann tatsächlich zu berühren. Insgesamt gelang mir also ein ziemlich elegantes Schleudern. Ich hatte allerdings nichts davon, denn es fehlte das Publikum. Ein dicker, bärtiger Mann beugte sich in diesem Moment hinab, um in den roten Kleinwagen eines Eilbotendienstes zu steigen, eine ältere Frau mit Einkaufskuli und deformierten Kniegelenken wandte mir den Rükken zu, und der Fahrer des weißen BMW, der eben den Parkplatz verließ, konnte mich nur gesehen haben, wenn er zufällig exakt im richtigen Augenblick in den Rückspiegel geblickt hatte.

Der Eingang zum Bahnhof Hütteldorf war leer. Üblicherweise sitzt im Sommer dort auf den Stufen der alte Bert zwischen einigen Doppellitern Rotwein, hat einen oder zwei seiner Mäntel ausgezogen und dunstet ab, was er in der kalten Jahreszeit an Körpergeruch angesammelt hat. Manchmal erzählt er von früher, zum Beispiel, wie sein Freund im Winter durchs Eis gebrochen und beinah ertrunken ist oder wie sie einem russischen Besatzungssoldaten mit der Steinschleuder die Schneidezähne weggeschossen haben. Oder er erzählt vom Mixer, einem beinlosen Mann, der sein Leben auf einem umgebauten Leiterwagen zugebracht und trotzdem vierzehn Kinder gezeugt und drei Menschen zu Tode gebracht hat. Im Herbst wechselt Bert von den Eingangsstufen auf die Bahnhofstoilette. Dort ist der Raum zwar eng, doch es gibt eine Fußbodenheizung, und das Aufsichtspersonal des Bahnhofes ist ihm wohlgesonnen. Jetzt lag der Alte möglicherweise an der Südspitze der Donauinsel unter einem Erlenbusch und war damit beschäftigt, die Schwankungen seines Blutalkoholspiegels möglichst gering zu halten. Er hat dort einen Platz, an dem er zwei-, dreimal pro Jahr schwimmen geht. – Gleich neben den Mistkübeln, pflegt er zu sagen, mit Ausblick auf den Alberner Hafen, dort, wo man ab und zu einen Ölfleck trifft. Oder er lag wieder einmal mit einem simulierten Anfall vernichtender Bauchschmerzen im Krankenhaus der Barmherzigen Brüder, wo Leute wie er kostenlos behandelt werden. – Gallengangverschluß oder Pankreatitis, sagt er, mit meinem Lebenswandel bin ich jederzeit für einen Gallengangverschluß oder eine Pankreatitis gut. Er weiß, daß ein ordentlicher Check-up üblicherweise eine Woche dauert, daß seine Gamma-GT vermutlich bei einhundertfünfzig liegt und daß für eine aussagekräftige Ultraschalluntersuchung des Oberbauches eine gründliche Entgasung nötig ist, die zumindest einen ganzen Tag braucht. Er weiß ferner, daß sie ihm unter Garantie den Psychiater und die Sozialarbeiterin schicken werden und daß wieder einmal irgend jemand in die absolute Verzweiflung stürzen wird, wenn derjenige hört, wie er, Bert, die Realschulmatura in Krems mit Auszeichnung gemacht hat, infolge einer Weinverkostung in Rohrendorf zu spät zur Aufnahmeprüfung an der Kunstakademie am Schillerplatz kam und danach nie wieder ein Bild gemalt hat. – Es ist der Geruch der Bettwäsche, behauptet er, gelegentlich brauche ich den Bettwäschegeruch bei den Barmherzigen Brüdern. Nach den Spitalsaufenthalten trinkt er immer eine Zeitlang abwechselnd Rotwein und Multivitaminsaft.

Philipp war auch nicht da. Philipp ist ein paar Jahre jünger als ich, dreizehn oder so, und hat ein riesengroßes Feuermal im Gesicht. Manchmal nennt er sich selbst »das Feuermal: der Rächer der Witwen und Waisen, der Ritter der Ehr- und Obdachlosen«. Er hat tatsächlich eine Art sozialen Tick, liest in den Zeitungen, die er stiehlt oder von einem hageren tamilischen Kolporteur geschenkt bekommt, zuerst die politischen Artikel, dann die Kultur, ab und zu einzelne Berichte aus der Chronik. Sport verabscheut er. Als ich ihm seinerzeit erzählte, daß Andi Herzog von Werder Bremen zu Bayern München wechseln werde, reckte er die Nase in die Höhe und fragte: Haben die nicht schon einen Tormann? Er trägt ausnahmslos markenlose Bluejeans, die ihm um zwei Nummern zu groß sind. Er schnürt sie mit einer dunkelroten Vorhangkordel. Seine Mutter kauft die Hosen in einem der Großkaufhäuser auf der Mariahilfer Straße, immer gleich mehrere Stück.

Sie arbeitet bei der Zeitung, und es heißt, sie ist eine reiche Frau. Philipp behauptet, sie steckt ihr Geld in Wertpapiere und Unternehmensbeteiligungen, aber genausogut könnte es sein, daß sie sich damit ihre Liebhaber finanziert. – Alle paar Wochen ein Neuer, sagt Philipp, aber irgendwie sind sie alle gleich: Sie tragen alle schwarze Lederjacken, Boxershorts aus Waschseide und Cowboystiefel, trinken alle Whisky oder Starkbier und schenken mir alle Lego-Technik. Außer Sport haßt Philipp Kinderbücher, Milchschokolade und Lego-Technik. Er liebt Krüppel und öffentliche Verkehrsmittel. Leute mit irgendwelchen Verunstaltungen starrt er an, bis es peinlich wird. Sein Feuermal beginnt vor Begeisterung so richtig zu glühen, und deswegen starren ihn die Leute an, und das gibt dann ein ganz komisches Hin- und Hergestarre. Ein beidseitig Unterarmamputierter, den er in der U-Bahn gesehen hatte, versetzte ihn einmal eine halbe Woche lang in die totale Euphorie. – Stümpfe wie Panzerfäuste, sagte er immer wieder, Stümpfe wie Panzerfäuste. Gelegentlich fährt er mehrere Tage mit der Straßenbahn herum, ziellos, nur um unterwegs zu sein. Die Schulpsychologen und Kinderpsychiater, zu denen er ständig geschleppt wird, nennen das abwechselnd »Wandertrieb«, »Schulphobie« und »Persönlichkeitsentwicklungsstörung«. Dabei möchte ich wissen, wer keine Persönlichkeitsentwicklungsstörung hat. Ich meine jetzt gar nicht die Leute mit einem Feuermal im Gesicht. Philipp geht, wenn er hingeht, in eine Spezialhauptschule für verhaltensauffällige Kinder und wird dort ausgelacht und gehänselt. Sein Banknachbar, ein gewisser Kurzek, stößt ihm andauernd die Zirkelspitze in den Oberschenkel. Einzig der Deutschlehrer hat einen Narren an Philipp gefressen. – Weil ich weiß, daß die Einzahl Singular und der vierte Fall Akkusativ heißt, sagt Philipp, und weil ich Kurzek ein Protektionsarschloch genannt habe. Kurzek ist der Sohn eines Bezirksvorsteherstellvertreters. Philipps leiblicher Vater stammt angeblich aus Limerick in Irland und ist in Düsseldorf oder Duisburg oder Dortmund Professor für vergleichende Literaturwissenschaft. Philipp hat seinen Vater vor mindestens fünf Jahren zum letzten Mal gesehen. Das unterscheidet Philipp von mir. Außerdem hat meine Mutter keine öffentlichen Liebhaber.

Ich stellte mich auf die Pedale und begann die Treppe zum Eingangstor hinaufzufahren, langsam und ruckweise, Stufe für Stufe. Es heißt, Treppenfahren soll auch für die beste Bereifung nicht gut sein, doch wozu hat man sonst ein Mountainbike. Oben blieb ich in der Pedalwaage stehen und schaute in die Halle. An einem der Fahrkartenautomaten lehnte Istvan Berecz und unterhielt sich mit einem eigenartigen Pärchen. Näher zu Berecz stand in einem mintgrünen Strampelanzug aus Baumwolljersey ein ausgesprochen kleiner, fetter Mann mit einem Schädel wie ein Schnapsfaß: rundherum gleichmäßig glatt und glänzend, ohne nennenswerte Höhlen oder Ausstülpungen. Selbst die Nase war mehr eine Bodenwelle. Ich verstand nicht, was er sagte, sah nur, daß er sich ständig mit dem Daumenballen den Schweiß von der Stirn wischte. Er schnappte aufgeregt, wie ein Goldfisch, dem man einen Hecht in den Tümpel getan hat. Seine Begleiterin war kaum größer als er, eine junge Frau, die aus nichts als verwitterter, dunkelbrauner Haut, Knochen und langem schwarzem Kraushaar bestand. Ein buntgestreifter, uralter Bikini hing an ihr, und während sie den Kopf unablässig hin und her rollte, schien ihr die Fliehkraft die Augen aus den Höhlen zu ziehen. Berecz hatte die Arme verschränkt, schaute über den Oberrand seiner goldgerahmten Ray-Ban-Sonnenbrille und grinste verschlagen. Er war offenbar gerade dabei, sich seinen Lebensunterhalt zu verdienen, das heißt, er beutete jemand Bedürftigen aus. Man sagt, er hat über einen Zahnarzt aus Pecs Zugang zu absolut unpräpariertem Zeug, und man sagt außerdem, er würde auch unter der Folter seine Lieferanten nicht verraten. Er wickelt seine Transaktionen in den Bahnhöfen Hütteldorf und Heiligenstadt ab, manchmal auch am City Air Terminal neben dem Hilton, also weit weg von den Hauptumschlagplätzen, und er macht aus Prinzip keine Geschäfte mit Leuten unter sechzehn. Das klingt irgendwie edel, doch in Wahrheit, denke ich, ist ihm nur klar, daß Kinder in dieser Branche wenig Geld und viele Scherereien bringen. Andererseits scheint ihm an gewissen Kindern darüber hinaus noch was zu liegen, denn er schenkt zum Beispiel Philipp pro Halbjahr einen von vierundzwanzig oder zweiunddreißig Fortsetzungsbänden eines sündteuren Wissenschaftslexikons. Philipp, denke ich, ist tatsächlich zu gescheit, um irgendein Zeug zu nehmen. Er wird es schaffen, denke ich, er wird sein Wissenschaftslexikon auswendig lernen und Astrophysiker werden oder Molekularbiologe. Vielleicht wird er der erste Nobelpreisträger mit Feuermal oder der erste, der eine Spezialhauptschule für verhaltensauffällige Kinder besucht hat.

Ich konnte die Pedalwaage nicht mehr halten und stützte mich mit der Schulter am Mittelpfeiler des Eingangstores ab. Das gab ein knarrendes Geräusch. Berecz bohrte dem Dicken den Zeigefinger in den Bauch und bellte ihn unfreundlich an. Dann kam er auf mich zu.

Ich bekam ein Gefühl wie nach dem ersten Schluck Cola mit Eis, und, obwohl es mich sonst nicht allzusehr kümmert, was meiner Mutter recht ist, wußte ich, daß es ihr ganz und gar nicht recht gewesen wäre, wie dieser Mensch da auf mich zukam. Er trug eine dunkelgraue Stoffhose mit Bügelfalte und Stulpen, schwarze Leinenschlüpfer von Valentino und ein schwarzes Baumwollsatinhemd von Hugo Boss. Er ging langsam um mich herum, starrte auf das Paddel an meinem Rad und strich sanft mit einer Fingerkuppe über das hintere Blatt. – Wieviel willst du dafür haben? fragte er. Ich stellte mich blöd: Für das Rad?

Nein, für das Paddel!

Es ist unverkäuflich.

Nichts ist unverkäuflich, sagte er, und für ihn selbst galt das mit Sicherheit wirklich. Ich fühlte nur noch Eis, ohne Cola. Es war zwar absolut blöd, doch ich sagte mir vor, daß ich Berecz noch nie nie nie mit einer Waffe gesehen hatte. Kein Butterflymesser in der rechten Tasche seiner weiten weichen Hose, kein Halfter unter der linken Achsel, mit einem kurzläufigen, blank silbernen Trommelrevolver drin. – Nichts ist unverkäuflich, lieber Jake, sagte er, merk dir das fürs Leben. Er schaute mich dabei mit jener wohlwollenden Ernsthaftigkeit an, mit der uns Petric die Bernoullische Gleichung erklärt hatte, einen Tag bevor er gegen den Mittelpfeiler der Autobahnbrücke fuhr. – Du kennst doch die Geschichte mit meinem Vater, stieß ich schließlich hervor. Ich haßte es, wenn Berecz mich Jake nannte. – Er ist dir irgendwie abhanden gekommen, wenn ich mich recht erinnere. Berecz grinste und ergriff mit beiden Händen den Lenker meines Rades. – Zweitausend? Ich schüttelte den Kopf. – Dreitausend? – Nein, sagte ich, es ist das Wichtigste, das ich von meinem Vater habe. Die Bikinimumie näherte sich in einer irregulären Schlangenlinie, und der mintgrüne Faßkopf japste hinter ihr her. –

Fünftausend? fragte Berecz. Sei nicht so hart, Jake, es paßt farblich so gut zu meinem heutigen Aufzug.

Ein Aufglühen unter dem Eis, ein heißes Auge, von dem sich langsam die Lider heben, ein roter Knopf schmilzt sich frei, in Erwartung des Fingers, der sich da auf ihn senkt, zart und luftig wie ein Pappelsamen, und noch deutet nichts auf einen dramatischen Wandel der Dinge hin. Höchstens ein winziges Brennen, vielleicht die kleine Euphorie, nachdem man mit einem blanken Draht kurz in der Steckdose gestochert hat.

Die beiden Untoten waren in knapp zwei Meter Entfernung stehengeblieben, wanden sich unschlüssig und stanken bis zu mir her. Ich starrte Berecz auf die Nasenwurzel, so fest, daß es ihm weh tun mußte. Ich entschied mich für die Kaukasus-Geschichte:

Das Paddel, erzählte ich, hat mein Vater im Sommer vor acht Jahren aus dem Kaukasus mitgebracht, aus der Gegend von Newgojwedhumi, hundertfünfzig Kilometer nordwestlich von Tiflis, heute Georgien, damals Sowjetunion. Er startete bei einer absolut verrückten Jubiläumsregatta, die der sowjetische Kanuverband aus Anlaß seines fünfzigjährigen Bestehens veranstaltete. Die Strecke war vierunddreißig Kilometer lang und zum überwiegenden Teil ohne jede Möglichkeit, sie von einer Straße aus zu begleiten. Die Teilnehmer samt Ausrüstung wurden vom sowjetischen Militär in riesigen MIG-Hubschraubern zum Start geflogen. Dabei bekam ein kanadischer Verbandsfunktionär einen Kreislaufkollaps und ein Schweizer Journalist eine Panikattacke. Beide lagen dann im Spital von Kutaisi neben einem georgischen Rosinenhändler mit Prostatakrebs im besten Zimmer. Das Feld umfaßte siebenunddreißig Kanuten, es wurde in Abständen von fünf Minuten gestartet. Mein Vater hatte die Nummer zwölf. Er benützte ein funkelnagelneues Regattaboot, das um siebzig Zentimeter länger war als sein altes und als besonders spurtreu und schnell galt. Vor ihm war ein ganz junger Amerikaner ins Rennen gegangen, der Sohn eines Chemiefabrikanten aus Pocatello in Idaho. Er hatte Vater ein paar Wochen davor bei einem Slalom auf der Reuß knapp geschlagen.

Der Kurs begann völlig harmlos mit einer gut drei Kilometer langen Sprintstrecke: mäßiges Gefälle, keine Hindernisse, nicht allzuviel Wasserwucht, jede Menge Gelegenheit, Tempo zu machen und die Landschaft zu genießen. Hätte man eine Angel dabeigehabt, erzählte Vater, so hätte man einen Haufen Lachse fangen können oder Wildwasserstöre oder was auch immer dort so herumschwimmt, hätte sich das Boot jedenfalls mit Fischen vollstopfen können, wenn man gewollt hätte, das alles bis zu einer langgezogenen, schlecht einsehbaren Linkskurve. Mit ihr änderten sich die Verhältnisse schlagartig. Zuerst mündete in spitzem Winkel, also von schräg hinten, ein Gletscherbach in den Fluß und brachte über einen gut dreißig Meter hohen Fall ein enormes Volumen an milchigem Wasser daher. Er wirkte auf die Paddler wie ein unvermittelt dazugeschalteter Turbo, und plötzlich atmete man tiefer.

Kaum einen halben Kilometer danach, keiner hat sich schon wirklich an die neue Geschwindigkeit gewöhnt, bricht der Fluß über eine Kante und dringt in eine Zone düsteren dunkelroten Gesteins ein. Zwischen haushohen Quadern wuchtet sich die grüne Flut nach unten, und es ist wie die Sillschlucht Anfang Mai. Zum Glück geht es vorerst ziemlich gerade dahin, und mein Vater schafft es ganz gut, Abstand zu den Felsen zu halten und nach den größeren Walzen mit der Spitze nicht allzu tief einzutauchen. Er schreit sich selbst die alten Befehle zu: Stabil den Oberkörper! In den Schultern locker! Den Blick geradeaus! Die Schläge sparsam und nahe am Boot! Die Oberschenkel entkrampfen sich ein wenig. Sein Herzschlag sinkt von hundertachtzig auf hundertfünfundsiebzig pro Minute. Er spürt jetzt das Brennen in der Luftröhre und löst die Zunge vorsichtig vom Gaumen. Hoch über dem Fluß blitzt es weiß auf, ganz kurz, wie eine Sternschnuppe bei Tag, dann stürzen die Uferwände aufeinander zu, pressen ihm den Atem ab, und da ist auch schon der erste Katarakt! Er fliegt über die Eingangsstufe hinaus, sitzt oben auf einer weiten Parabel, die hineinführt in unendlich viel Luft. Nach ein paar Zehntelsekunden in Zeitlupe taucht er ein in etwas, das ausschaut wie eine Daunendecke und sich anfühlt wie die Ohrfeige mit einem nassen Handtuch, vollflächig und frostig. Er hebelt die Nase des Bootes hoch, schnappt nach Luft und wirbelt dahin, den Kopf in der Gischt und unter dem Hintern kochendes, eisiges Grün. Seine Arme zucken wie in einem epileptischen Anfall. Er beschließt, wenn er das ganze überlebt, die Schwierigkeitsskala beim Paddeln nach oben auszuweiten, ähnlich wie beim Klettern, und überhaupt kriegt er einen mordsmäßigen Haß auf diesen ganzen Scheißkommunismus. Das nützt ihm allerdings gar nichts, denn nach einem kurzen Flachstück, das in Wahrheit auch nur ein paar Grad weniger senkrecht ist als alles übrige, wirft es ihn hinein in die zweite Schnelle. Eine Schwallserie jagt die andere, Achterbahn in der sechsten Dimension, am Anfang noch gerade dahin, dann immer mehr im Zickzack, Walze, Prallwasser, Walze, Prallwasser, Walze, Prallwasser. Vater denkt an Sauglöcher, Strudel, verborgene Siphone und an die Stoßfestigkeit mehrfach gehärteten Polyäthylens, Walze, Prallwasser, Walze, Prallwasser, er denkt an die radförmigen Schirmkappen der sowjetischen Generäle und daran, daß man beim Ertrinken angeblich durch einen Stimmritzenkrampf stirbt und nicht durch das Eindringen von Wasser in die Lungen. Prallwasser, Prallwasser, Prallwasser. Er fährt ein in die Höhlung eines gewaltigen Ofens, eine ungeheure Kathedrale aus rotem Fels mit senkrechten schwarzen Streifen und einer Reihe leuchtendgelber Tupfen am Oberrand des Gesichtsfeldes, wie brennende Altarkerzen. Ringsherum die über Kopf schlagende Randgischt, ein eigenartig hohler Klang, wie der tiefste Ton einer Glasharmonika, und ein Sog, der nicht von vorne zu kommen scheint, sondern direkt von unten. Keine Ausfahrt, nirgends ist die Ausfahrt aus diesem Dom zu sehen. Es treibt ihn zu auf die rechte Wand der Höhle, die Schläge haben null Wirkung, er hebt das Paddel aus dem Wasser, denkt an nichts anderes mehr als an die Stoßfestigkeit mehrfach gehärteten Polyäthylens, gleitet schließlich in einer kurzen Rotation dreißig Zentimeter vor den Felsen mit der Strömung tangential ab. Er passiert eine schwarze stumpfwinkelige Kante, fragt sich, ob er sich jetzt angeschifft hat oder schon früher und hat plötzlich den Blick frei nach vorne. Die Ausfahrt ist ein senkrechter, daumennagelbreiter Schlitz, der irgendwo in die Unendlichkeit nach oben reicht und vermutlich in freier Luft endet, durch den in unbegreiflicher Weise all das Wasser dringt, nach der Bernoullischen Gleichung annähernd mit Überschallgeschwindigkeit. Der Schlitz ist voll mit dichtem Nebel, das ist aus dreißig Metern Entfernung zu sehen, und aus fünfzehn Metern Entfernung sieht man, daß den Schlitz zusätzlich etwas blockiert, das weniger leicht durchdringbar ist als Nebel.

Das signalgrüne Boot des Chemiefabrikantensohnes aus Pocatello, Idaho, hängt quer in der Spalte, kieloben und eine Handbreit über der Wasserlinie. Fünfzehn Meter sind bei entsprechender Wasserwucht eine verschwindend kurze Strecke, Vater denkt an die Biegefestigkeit von Paddelschäften und Unterarmknochen, lenkt sein Gefährt zwei Grad nach links aus, unterfährt das Boot des Amerikaners und erledigt den Anprall unter geringer Dämpfung durch die Schwimmweste mit den Rippen seiner rechten Brustkorbvorderseite. Das Ding gibt zirka zweieinhalb Zentimeter nach, und das Geräusch ist, als würde man unter einer Decke sieben Bleistifte zugleich abbrechen. Der Schmerz bleibt aus. Vater versucht sich an der Barriere geradezurichten, dreht aus der Hüfte nach rechts, einmal: Da ist ein weicher Widerstand. Zweimal: Der Schmerz kommt immer noch nicht, da ist ein weicher elastischer Widerstand unter Wasser. Dreimal: Der Schmerz braucht noch lange nicht zu kommen, denn der weiche, elastische Widerstand unter Wasser kann nur der Pocatello-Indianer sein, der da in seinem Boot festhängt. Der Blick nach vorne zeigt außer Nebel kaum etwas. Die Felswände scheinen eine Spur auseinanderzutreten. Der Amerikaner ist fünf Minuten vor ihm gestartet. Er selbst war so schnell wie nie zuvor in seinem Leben. Der Amerikaner ist jung, maximal gedopt mit T-Bone-Steaks, Cornflakes und dergleichen und hat ihn vor ein paar Wochen auf der Reuß knapp geschlagen. Er war mit Sicherheit ebenfalls so schnell wie nie zuvor in seinem Leben. Bei dieser Wassertemperatur hält ein Gehirn sechs Minuten Sauerstoffentzug vermutlich halbwegs locker aus, viel mehr aber auch schon nicht. Außerdem ist sowieso auf keine andere Weise an ein Weiterkommen zu denken.

Vater verspreizt die Knie, atmet viermal, fünfmal, sechsmal tief durch, stößt sich am signalgrünen Hindernis kurz ab und kippt nach links weg. Im Eintauchen schließt sich seine rechte Hand eisern um den Paddelschaft, die linke gibt ihn frei, er fährt mit einem Stoß den linken Arm zur Seite aus und kriegt, während er zugleich massiv Wasserdruck von hinten erhält, den Rumpf des Amerikaners zu fassen. Er verkrallt sich am Rand eines Armloches der Schwimmweste, zerrt und rotiert und zerrt und rotiert. Nichts rührt sich. Der Boden seines Bootes reibt über der Wasseroberfläche am Boot des Amerikaners entlang, wird vorwärtsgeschoben, Zentimeter für Zentimeter. Er zerrt und rotiert, doch der Amerikaner hängt in seinem Kajak wie hineingeschweißt. Seine Schwimmweste muß absolut top sein; jede andere wäre längst eingerissen. Der Angriffswinkel wird immer ungünstiger, Vaters Arme werden immer länger, und seine Finger fangen an zu rutschen. Er beginnt sich mit dem Gedanken anzufreunden, daß man gewissen Leuten ihre Todesart lassen soll, wenn sie darauf bestehen, als eine Rumpflänge über seinem Kopf sein Boot freikommt. Mit einem Knirschen, das Vater bis in die Kniescheiben fährt, reißt es sich los vom Boot des Amerikaners und schnellt nach vorn und schräg oben wie ein Delphin. Vater wird durch das Loch in der Spritzdecke herausgezogen, glatt und flüssig wie der Fuß aus einem Schuh. Er hängt mit der Hand am Schwimmwestenarmloch des Amerikaners, und die Frage, ob er an Bord geblieben wäre, wenn er vor zwei Zehntelsekunden losgelassen hätte, stellt sich nicht mehr wirklich. An Eskimotieren ist ohne Boot nicht zu denken, und überhaupt wird von Denken nicht mehr lange die Rede sein können. Vater läßt sein Paddel fahren, schlingt beide Arme um den Rumpf des Amerikaners und versucht die Beine senkrecht nach oben zu bringen, um Gegendruck auszuüben. In dem Augenblick, in dem er die Hüfte aus dem Knick streckt, spürt er den Körper des Amerikaners nach unten gleiten.

In enger Umklammerung werden die beiden durch den Schlund gespült, bernoullimäßig schneller als der Schall. Ein eisiges Brennen zieht sich von den Schultern zum Mundboden hinauf. So fühlt sich wohl ein beginnender Stimmritzenkrampf an: Die Kiefermuskulatur kontrahiert sich, die Zähne knirschen. Die Stirn rotiert auf ein schwarzes Loch zu. Dann ein heftiger Schlag gegen das rechte Knie und plötzlich Luft um die Ohren. Der Amerikaner hat ihn einen Hauch vor dem dynamischen Ableben auf Null gebremst.

Sie liegen auf einer winzigen Schotterbank am Fuß eines senfgelben Felsen, der die Form eines flachen Tisches hat und etwa drei Meter im Quadrat mißt. Vater schmeckt Blut und spürt etwas Weiches, Elastisches auf der Zunge, wie eine winzige Auster. Er dreht es ein paarmal im Mund hin und her und spuckt es sich schließlich auf die flache Hand. Also doch kein Stimmritzenkrampf. Er hat dem Amerikaner das rechte Ohrläppchen abgebissen.

Das Knie tut gleich höllisch weh, im Brustkorb räkelt sich genüßlich der erste Schmerz der Serienrippenbrüche, vernünftigerweise sollte er wohl den Amerikaner wiederbeleben, und überhaupt ist die Lage maximal hoffnungslos. Aus unerfindlichen Gründen liegt dort neben ihnen ein schwarz-silber gesprenkeltes Paddel, ohne jeden Kratzer, offensichtlich funkelnagelneu. Über den beiden dehnt sich höhnisch ein schmales Band blauen Himmels. An seinem Rand blitzt es weiß auf, immer noch: vielleicht die Engel in ihren frisch gewaschenen Gewändern, die sich zum Einsatz bereitmachen.

Vater gelingt es irgendwie, die neunzig Kilo T-Bone-Steak und Cornflakes nach oben auf die Felsplatte zu zerren. Dann beginnt er dem Amerikaner abwechselnd das Brustbein niederzudrücken und Luft in die Lungen zu blasen. Nichts passiert. Der Bursche hat makellose Zähne. Nach einiger Zeit saust eine Etage tiefer, ganz in Orange, die Nummer dreizehn vorüber, ein dicklicher Bauspengler aus Lyon, üblicherweise Plazierungen von sieben bis fünfzehn, und unmittelbar hinter ihm in patriotischem Rot-Weiß jener kleine Philosophiedozent aus Trondheim, der am liebsten über die Entwicklung der Rentierjagd spricht und als die große norwegische Wassersporthoffnung gilt. Beide sind ausschließlich mit sich selbst beschäftigt. Vater pumpt und bläst und pumpt und bläst und wünscht sich eine Familienpackung Aspirin. Wenn sich nach einer halben Stunde Reanimation gar nichts tut, geben angeblich auch heroische Notärzte w.o. Es sind in der Zwischenzeit vielleicht sechseinhalb Minuten vergangen. Fünfzehnmal pumpen, zweimal blasen. Der linke obere Eckzahn ist überkront. Perfekte Arbeit. Einträchtig werden ihre Seelen die Schluchtwände entlang aufsteigen und sich von den Engeln je ein weißblitzendes Hemd reichen lassen. Scheißrußland. Scheißkommunisten. Der Amerikaner hat sich zumindest zwei Tage lang nicht rasiert. Der Amerikaner wird mit Bartstoppeln tot sein, und Vater wird tot sein und total aufgescheuert rund um den Mund. Bergsteiger, die im Himalaja oder im Karakorum an der Höhenkrankheit sterben, werden an Ort und Stelle unter einem Steinhaufen begraben. Piraten, die eine königliche Kugel ums

Eck gebracht hat, hüllt man in die schwarze Flagge mit dem weißen Totenkopf und übergibt sie den Fluten des Ozeans. Für Wildwasserpaddler gibt es bis jetzt keine verbindliche Regel. Was logisch wäre, ist eine andere Sache. Vater bläst Luft in den Amerikaner und denkt nach, wie er das schwarz-silber gesprenkelte Paddel als Hebel benützen könnte.

Plötzlich passiert alles gleichzeitig: Die Nummer fünfzehn, ein Sportlehrer aus San Stefano di Cadore im obersten Piavetal, vorwiegend in Violett, sieht die beiden, vollführt ein unkoordiniertes Manöver, stellt quer und fährt unter heftigem Brüllen verkehrt weiter. Der Amerikaner explodiert ohne Ankündigung nach vorne, das heißt, er würgt im Schwall eine Mixtur aus Blut und Magensaft in Vaters Gesicht. Im Hintergrund, unter dem Tosen des Flusses, im absoluten Off also, dort, wo die Engel hocken und auf ihren Einsatzbefehl warten, hebt schließlich ein dumpfes Grollen an, niederfrequent und elementar. Es schwillt an, und Vater, der sich die ärgste Bescherung aus den Augen gewischt hat und damit beschäftigt ist, den immer heftiger würgenden Amerikaner zur Seite zu drehen, wartet darauf, daß sich aus den Wänden die ersten Brocken lösen. Immerhin ist Pocatello rechtzeitig lebendig geworden, um nun unter einem Felssturz endgültig abzutreten. Das Nachhelfen mit dem Paddel bleibt einem auf diese Weise wenigstens erspart. Der Felssturz schränkt allerdings vorerst nur die Beleuchtung von oben ein, frißt das blaue Himmelsband kleinstückweise auf und ist letztendlich nichts anderes als ein gewaltig donnernder, plumper, schwarzgrüner Vogel. Scheißkommunisten, sie fliegen also doch die Strecke ab. Vater winkt wie verrückt, stemmt zugleich ein Bein gegen den Amerikaner, der es offensichtlich darauf anlegt, sich über die Felskante auf die Schotterbank hinunterzustürzen. Der Hubschrauber brummt gnadenlos vorwärts, dem Amerikaner rinnt blutiger Schaum aus Mund und Nase. Vater greift sich das Paddel und winkt und brüllt und winkt und brüllt, obwohl ihm klar ist, daß er sich das Brüllen gegen einen russischen Katarakt und ein paar hundert russische Militär-PS sparen könnte. Der Amerikaner bäumt den Oberkörper auf und dreht die Augen über, bis man nur noch das Weiße sieht. Scheißrussen, sie schauen sonstwohin, nur nicht in die Schlucht. Durch langdauernden Sauerstoffmangel schwillt das Gehirn an, immer mehr und immer mehr, preßt sich von innen gegen die Schädelkapsel, solange bis es sich sozusagen selbst erledigt hat. Im äußersten Notfall muß man angeblich zur Druckentlastung den Knochen aufstemmen. Vater will sein Signalmanöver schon aufgeben, da dreht der Helikopter um hundertachtzig Grad, wendet ihm die Vorderfront zu, schwenkt dreimal bedächtig sein Hinterteil und bleibt in der Luft stehen. Der Amerikaner winkelt für einige Sekunden die Arme an, streckt die Beine durch und zuckt grobschlägig am ganzen Körper. Danach liegt er völlig entspannt da. Er atmet röchelnd, aber es ist nett von ihm, daß er atmet. Eine Minute vergeht, und mit einem Mal fällt zusätzlich ein helleres Knattern die Felswände entlang herab. Senkrecht zur Horizontlinie, genau dort, wo zuvor die Engel strahlten, schiebt sich ein zweiter Vogel ins Gesichtsfeld, schlanker und eleganter als das drontenartige Muttertier. Er stößt seitlich eine Bahre aus, die an einem Seil zu den beiden herabschwebt und das senfgelbe Rechteck tatsächlich schon beim zweiten Versuch trifft. Vater hievt den Amerikaner auf das Segeltuch, das in einen kajakförmigen Aluminiumrahmen gespannt ist, und schnallt ihn mit drei breiten Gurten fest. Der Glückspilz zuckt mit der rechten Hand und hat einen seligen Ausdruck im Gesicht. Vater gibt ein Zeichen, und sie holen die Bahre ein. Für ihn selbst kommt gleich darauf ein gepolsterter Kombigurt geflogen, der bequem ist wie ein Ohrensessel. Vater reckt das schwarz-silber gesprenkelte Paddel hoch. Zuerst zieht sich die dicke Tante zurück, dann erhöht die Lerche, an der er hängt, die Frequenz und hebt ihn hinweg von der Stätte des Grauens. Die Nummer sechzehn, ein junger Graubündener Postbeamter, der in Orange und Grün soeben daherkommt, faßt es nicht. Der Arme hat noch gut zwanzig Kilometer vor sich und weiß nichts von den Sprungstellen in der folgenden Verblockungsstrecke. Er weiß auch noch nichts davon, daß er dieses Rennen als Zweiter beenden wird, geschlagen nur von einem kasachischen Gebirgsjägerleutnant, bei dem, so wird der Westen nachher munkeln, die Uhren vielleicht doch eine Spur langsamer gegangen sind.

Vater absolviert sowas wie einen geologischen Turbolehrflug, schräg vorüber an, links und rechts, sämtlichen Gesteinsschichten dieser Welt. Jede Menge Rot und Schwarz, auch Lachsrosa und Aquamarinblau, glatt und großflächig genauso wie absurde streifige Mäander, Buchten und Dome neben riesigen spiegelnden Tafeln, schließlich, stets in Reihen, immer wieder diese gelben Altarkerzentupfen. Der Himmel rückt näher, und der Fluß unter ihm verkommt zu einem smaragdgrünen Rinnsal mit ab und zu einem dekorativen bunten Schiffchen drin. Schließlich ist die Oberkante der Schlucht erreicht. Grelles Weiß fällt über Vater her. Die Engel haben sich allerdings aus dem Staub gemacht. Die beiden nicht benötigten Gewänder scheinen sie einfach unter die Berggipfel hingeschmissen und in zwei riesige, muldenförmige Firnfelder verwandelt zu haben. In ihnen fängt sich das Licht wie in Parabolspiegeln.

Sie landeten auf dem Besucherparkplatz des Krankenhauses von Kutaisi. Den Amerikaner brachten sie sofort auf die Intensivstation. Er hatte im Hubschrauber wiederum am ganzen Körper zu zucken begonnen und zugleich nur noch einmal pro Minute nach Luft geschnappt. Noch am selben Tag stemmten sie ihm tatsächlich die Schädeldecke auf und legten eine Entlastungssonde zwischen Knochen und Hirn hinein. Das scheint ihn letztlich vor der bleibenden Verblödung bewahrt zu haben.

Vater steckten sie ins Röntgen. Vier Rippen waren gebrochen, und die Kniescheibe hatte einen längs verlaufenden Sprung. Sie verpaßten ihm eine Gipshülse, von der Oberschenkelmitte bis zum Knöchel, ein granatensicheres Ding, außerdem einen Rippengürtel mit grünlich-schwarzen Stockflecken. Sie bestanden darauf, ihn zumindest über Nacht zur Beobachtung dazubehalten, und legten ihn neben einen hundertjährigen Mann, dem sie nach einem Gefäßverschluß den linken Unterschenkel wegamputiert hatten, in ein winziges Zimmer, angeblich das zweitbeste. Auf dem Gang traf er den kanadischen Verbandsfunktionär mit dem Kreislaufkollaps und den Schweizer Journalisten mit der Panikattacke. Beide wirkten ziemlich gesund und rauchten ununterbrochen, weil ihnen fad war. Sie fragten ihn, ob er denn für möglich halte, daß es tatsächlich Tote gegeben habe. – Ja, sagte Vater, ja, er habe da ein paar heiße Tips. Dann dämpften die beiden aus, und gemeinsam gingen sie den georgischen Rosinenhändler besichtigen. Vater hatte auch noch nie einen Rosinenhändler gesehen.

Am folgenden Morgen wurde er um halb sechs Uhr von einer Stimme aus dem Schlaf gerissen, die das Timbre eines Tenorsaxophons hatte. – Where is the Saver of my Son? Where is the Saver of my Son? Die Wände der Kammer wackelten, der hundertjährige Einbeinige begann panisch zu wimmern, doch: The Saver of my Son, das klang unglaublich erhaben, so als sei man beim Jüngsten Gericht soeben auf die richtige Seite gerufen worden. Das Licht ging an, und ein mächtiger, weißhaariger Mann stürzte sich mit ausgebreiteten Armen auf meinen Vater: The Saver of my Son!! Vater war noch imstande, an die Stockflecken auf seinem Rippengürtel zu denken, da krachten die Pranken des Grizzlys schon breitflächig gegen seine Serienfraktur. Für einen Schrei war keine Zeit mehr.

Als Vater aus der Ohnmacht erwachte, kniete der Kunststoffabrikant aus Pocatello, Idaho, mit gefalteten Händen vor seinem Bett und schluchzte ununterbrochen: God bless you! God bless you! You saved my son, you saved my only son! Der Mann trug ein Tweedsakko, das viel zu warm war für die Jahreszeit und nach Mottenkugeln stank. Vater erinnerte sich kurz an die Ladung, die ihm der Only Son entgegengekotzt hatte, an den Moment der Erweckung von den Toten gewissermaßen, und kam sich prompt vor wie eine wundertätige Heiligenfigur. Vielleicht war auch alles nur eine Illusion, und in Wahrheit hatte er ebenfalls einen Hirnschaden davongetragen.

Der Herr Papa des Only Son hatte sich jedenfalls zur selben Zeit in Hongkong aufgehalten, um mit chinesischen Geschäftspartnern die Errichtung einer riesigen Spritzgußanlage in einer Kleinstadt westlich von Kanton zu verhandeln. Der Coach der amerikanischen Mannschaft hatte ihn vom Unfall seines Sohnes verständigt, der Kunststoffabrikant war ins nächste Flugzeug nach Moskau gesprungen, dort nach kaum drei Stunden Wartezeit in eine gut zwanzig Jahre alte Antonow-Turbopropmaschine umgestiegen und mit einem Zwischenstopp in Rostow nach Tiflis geflogen. Um zwei Uhr nachts war er ins amerikanische Konsulat eingedrungen, hatte den Gesandten, einen glatzköpfigen, zuckerkranken Baumwollplantagenbesitzer aus Wichita Falls, Texas, grob verschreckt, ihm quasi mit vorgehaltener Waffe den Fahrer entrissen und sich in einem funkelnagelneuen Chevrolet Blazer nach Kutaisi chauffieren lassen. Das Spital zu finden war das geringste gewesen, den Portier zu bestechen auch nicht eben schwer, und die Nachtdienstschwester befand sich sowieso schon ziemlich im Jenseits. Da war er nun also, der Herr Kunststoffabrikant, knieend, stank nach Mottenkugeln und führte dadurch meinen Vater kleinschrittweise in die Realität eines neuen Tages zurück.

Zunächst schenkte der Kunststoffabrikant meinem Vater anstelle einer Tapferkeitsmedaille das schwarz-silber gesprenkelte Kevlar-Paddel; ein Prototyp, wie der Kunststoffabrikant erklärte, ein Wunderding, ultraleicht und praktisch unzerstörbar. Der Only Son hatte nichts dagegen, denn er konnte zu diesem Zeitpunkt weder sprechen noch seine Gliedmaßen halbwegs koordiniert bewegen. Er weinte und lachte abwechselnd ohne Grund und schrie immer wieder laut auf wie unter einem fürchterlichen Schmerz. Aus der kahl rasierten und orange eingefärbten rechten Hälfte seiner Schädeldecke ragte der türkise Schlauch der Hirndrucksonde. An eine Überstellung in die Heimat war noch nicht im entferntesten zu denken.

Im Mai des kommenden Jahres luden sie dann meinen Vater für drei Wochen in die Staaten ein. Der Junior hatte einen mehrmonatigen Aufenthalt an einer feudalen neurologischen Rehabilitationsklinik in Boulder, Colorado, hinter sich und litt lediglich unter einer gewissen Gedächtnisschwäche. Sonst waren alle seine Ausfälle verschwunden. Die beiden befuhren erst den Snake River östlich von Idaho Falls, danach in Wyoming den Green River und den North Platte oberhalb der Stauseen. Auf der Fahrt nach Norden brach ihnen knapp nach Casper die linke vordere Halbachse des Pick-ups, mit dem sie unterwegs waren. Sie verloren zwei volle Tage und mußten Bighorn und Powder River schließlich bleiben lassen. Vater besichtigte noch den Yellowstone Nationalpark und die Kunststoffabrik und hatte, als er zurückkam, eine ganz andere Meinung von den Amerikanern als früher. Später sprach er gelegentlich von dem Gefühl, wie ihm der totgeglaubte Only Son ins Gesicht gekotzt hatte, oder davon, wie er hinaufgeschwebt war durch die Schlucht, vorbei an den gelben Altarkerzen auf die blitzenden Eisfelder zu, und wie er hinabgeschaut hatte auf den Fluß mit den Booten, in der Hand dieses gesprenkelte Paddel. Der junge Amerikaner wurde vier Jahre nach der ganzen Geschichte auf der Rhone Doppelweltmeister in Slalom und Regatta. Da hatte mein Vater allerdings mit den Rennen längst aufgehört.

Istvan Berecz war der Kiefer ein wenig nach unten gesunken, sodaß man die braunen Kanten seiner Schneidezähne sehen konnte. Über den Oberrand seiner Ray Ban hinweg schielte er durch mich hindurch. Seine Nasenspitze war fast so wächsern wie die von Michael Jackson. Der mintgrüne Faßkopf und seine klapperdürre Schöne standen da und hatten anscheinend für einen Moment sogar zu stinken aufgehört.

Kutaisi, sagte Berecz schließlich, Kutaisi, ich hab das schon einmal gehört. - Er weiß nichts, dachte ich, er hat keine Ahnung, weder von Kutaisi noch von Pocatello. Er denkt, Idaho liegt irgendwo neben Kolumbien. - Dein Vater hat viel erlebt, sagte er. Ich nickte und bemühte mich drum, weihevoll dreinzuschauen. Die Kaukasus-Geschichte ist wirklich ein Hammer, dachte ich.

Die Frau reckte den Arm vor. In ihrer offenen Hand lag eine zerknüllte Hundertschillingnote. Sie zitterte mit all ihren Hautfalten. - Ein paar Schnelle, stammelte sie, wenigstens ein paar Schnelle. Der Mintgrüne brummte irgendwas Unterstützendes. Berecz nahm den Hunderter, langte in seine Hosentasche und zählte der Frau vier große weiße Tabletten in die Hand. Währenddessen wandte er den Kopf halb zu mir und fragte mich über die Schulter hinweg: Welche Farben hat dein Vater am liebsten getragen? - Schwarz, log ich, Schwarz und Grau. Dann machte ich mich aus dem Staub.

3

Credo in unum Deum,
Patrem omnipotentem,
factorem caeli et terrae.

Ich fuhr die Keißlergasse stadtauswärts, bog in die Bergmillergasse ein, folgte ihr bis zur Linzer Straße, verließ die Linzer Straße nach ein paar hundert Metern, fuhr in den Pedalen stehend die Wolfersberggasse hinauf bis zur Anzbachgasse, in flachem Bogen um den Wolfersberg südlich herum, halbrechts in die Robert-Fuchs-Gasse, vorbei an dem Flachdachbau mit den vergitterten Fenstern, vorbei an der Garageneinfahrt mit den beiden Löwen aus Gußbeton, bis exakt an das Ende des Gartens mit den vielen Magnolienbäumen. Selbst im Juli, wenn sie längst nicht mehr blühen, sind Magnolien für mich schwer auszuhalten. Sie passen allerdings zu hellblauen Schwimmbecken und zu Alarmanlagen, das muß man ihnen lassen.

Ich schwenkte in die kurze Kiesauffahrt ein und stieg vor dem schmalen dunkelgrünen Lanzengittertor vom Rad. »Heinz König junior. Alleinstehend« ist auf dem Schildchen neben dem oberen der beiden Klingelknöpfe zu lesen. Das stimmt insofern, als Heinz ganz für sich die Dachetage des Hauses seiner Eltern bewohnt, andererseits ist er der einzige Heinz König weit und breit, und ein »alleinstehender« Siebzehnjähriger ist auch mehr schwachsinnig als sonstwas. Er selbst sagt, er findet die Vorstellung geil, daß da unten die einsamen Bräute vorbeimarschieren, das Schild lesen und für den nächsten halben Tag in Verwirrung gestürzt werden. Wenn ich ihm sage, daß keine einzige Braut jemals dieses Schild lesen wird, lacht er und meint, ich sei ja nur neidig und verkrafte nicht, daß ich viel weniger Erfolg bei den Frauen habe. Rein faktisch hat er damit natürlich recht, leider. Umgekehrt wären mir an seiner Stelle all diese Geschichten, die man von ihm erzählt, fürchterlich unangenehm. Wie zum Beispiel, daß er jede Woche zur Biologie-Professorin unserer Parallelklasse ins Auto steigt, wenn sie am Mittwochabend aus dem Fitneßstudio kommt; oder daß er gelegentlich auch ein Mädchen aus der vierten Klasse mit nach Hause nimmt. Er sagt dann, er muß dafür sorgen, daß die Statistik, wonach Mädchen im Durchschnitt mit dreizehneinhalb ihren ersten Geschlechtsverkehr haben, ihre Gültigkeit behält. Über die Biologie-Professorin sagt er kein einziges Wort. Ich drückte den Knopf, kurz kurz lang kurz, das ist unser Zeichen, exakt der Rhythmus meines Namens, Jakob Schmalfuß. Heinz war zu Hause.

Man bewegt sich da durch den Vorgarten, links und rechts kniehohe Buchsbaumhecken, die ausschauen, als würden sie tagtäglich von einem Friseurweltmeister zurechtgestutzt. Dahinter stehen zwischen etwas mehr als kniehohem Lavendel hüfthoch die englischen Rosen und blühen tatsächlich alle zur selben Zeit, reinweiß bis grellpink mit orangefarbenen Einsprengseln. Dann geht man inmitten von all dem Abgestufe direkt auf diesen Schlangenkopftürklopfer zu und weiß: Hier stinkt es nach Geld! – Meine Eltern, erzählt Heinz manchmal, betreiben eine kleine Firma, in der vor allem Pflegeprodukte für medizinische Berufe hergestellt werden. In Wahrheit brauen seine Eltern in einer beachtlichen Fabrik am südlichen Stadtrand irgendwelche kuriosen Arzneimittel, für die sie die Lizenzen in Indonesien oder Portugal kaufen, Gallenblasenausschüttungsbeschleuniger und so Zeugs. Zumindest hat das mein Vater immer wieder behauptet. Außerdem hat er gesagt, daß der alte König Freimaurer ist, wobei ich darüber rein gar nichts weiß, außer daß es reichlich unangenehm klang, wenn mein Vater sagte, jemand sei ein Freimaurer.

Hallo, du Wichser, sagte Heinz. Er trug dunkelgrüne Jeans, die eine Handbreit oberhalb der Knie mit einem stumpfen Werkzeug abgeschnitten worden waren, und ein dottergelbes T-Shirt aus Baumwollripp, das ihm um zwei Nummern zu klein war. Er sah fett und elend aus, wie immer, wenn er gerade eine Einwurfphase zu beenden versuchte. - Erzähl mir was über die Polymerisation chlorierter Kohlenwasserstoffe! sagte ich. - Treibst du's gerade mit einer Matratzenfuge oder mit einer Milchflasche? gab er zur Antwort.

In einer Urne hast du drei rote und drei blaue Kugeln. Wie groß ist die Wahrscheinlichkeit, daß du bei dreimaligem Ziehen die drei blauen erwischst?

Du greifst in eine Urne und fühlst eine Arschbacke. Wie groß ist die Wahrscheinlichkeit, daß die zweite auch von einem Mädchen ist?

Es war unser Spiel. Der entscheidende Unterschied zwischen ihm und mir ist, daß er diese Aufgaben wirklich alle lösen kann. Er streitet mit Hochmayer über irgendwelche abwegigen Berechnungsmethoden quadratischer Gleichungen, und hätte Petric alle seine Schüler so gemocht wie ihn, so wäre er sicher nicht gegen den Mittelpfeiler der Autobahnbrücke gefahren.

Heinz lümmelte in dem verdreckten gelb-weiß gestreiften Stoffliegestuhl, der neben der *Bose*-Anlage und dem Bücherhaufen das dritte Einrichtungsobjekt in seinem großen Zimmer ist. Nebenan in seinem Schlafzimmer liegt eine Matratze auf dem Boden, an einer Wand steht der Laborschrank, und an einem feinen Stahlseil, das in mehreren Bahnen durch den Raum gespannt ist, hängt seine gesamte Kleidung, auch die Socken und die Unterhosen. Im Gästezimmer liegen zwei Matratzen auf dem Boden, sonst ist dort nichts. Er nennt das Gästezimmer auch meistens ganz anders.

Das Ding würde sich gut in meiner Wohnung machen, sagte er und deutete auf das Paddel. Ich hatte es mit raufgenommen. Das Fahrrad lehnte neben dem Kompostsilo an der Hinterwand des Gartengeräteschuppens. - Ein Oberschenkelknochen, mit einem Stück Stacheldraht an den Schaft gebunden, sagte er, und schon haben wir einen Marterpfahl der Avantgarde. Auf der Stirn, der Nasenwurzel und über den Jochbögen standen ihm ganz feine Schweißperlen. Wegschmeißen? Vergraben? Nach Hause zurückbringen? Jedenfalls kamen mir ernste Zweifel, ob es vernünftig gewesen war, das Paddel mitzunehmen.

Nimm Platz, sagte Heinz und grinste bösartig. Ich kannte den Spruch, ärgerte mich nicht, hockte mich im Türkensitz auf den Boden und legte das Paddel quer über meine Knie. Heinz drückte auf einen Knopf der Fernbedienung und heizte eine Heavy-Metal Nummer, die offenbar noch nicht einmal richtig ausgekühlt war, auf hundertzwanzig Dezibel hoch. In derselben Sekunde begann er gegen das Getöse anzubrüllen: Schmalfuß, ich muß dir was erzählen! Ich legte die linke Hand hinters Ohr. - Ich muß dir was Unglaubliches erzählen! schrie er und versuchte sich zu mir herüberzubeugen, etwas absolut Unglaubliches: Die Filsinger vögelt mit einem Gaskassier! Ich schüttelte den Kopf, so als würde ich nicht verstehen. Er formte die Hände zu einem Trichter: Die Filsinger vögelt mit einem Gaskassier!! Die Filsinger ist jene Biologie-Professorin, die Heinz jeden Mittwochabend zu sich in ihren dunkelroten Opel Vectra lädt. Ich rappelte mich hoch, tat die paar Schritte zur Musikanlage und drehte händisch die Lautstärke runter. – Seit wann bist du ein Gaskassier? fragte ich. – Sehr witzig, sagte Heinz, irrsinnig witzig! Ich meine ihren Alten, ihren Ehemann, den geheimnisvollen Unbekannten, den nie jemand zu Gesicht bekommt. Tatsächlich spekulierte man ab und zu, der Mann der Filsinger müsse entweder querschnittgelähmt oder sonstwie verunstaltet sein, denn nicht einmal auf dem alljährlichen Schulball ist er jemals aufgetaucht. Mich interessiert in Wahrheit der Mann der Filsinger noch viel weniger als sie selbst; und an ihr selbst finde ich eigentlich nur die Frage spannend, was da zum Vorschein käme, würde man all die Schichten Schminke aus ihrem Gesicht spachteln. Aber das sagte ich Heinz gegenüber natürlich nicht. – Ein Gaskassier, ereiferte sich Heinz, ihr Mann ist ein Gaskassier! Das Banalste vom Banalen! Diese Frau und ein Gaskassier! – Da gibt's doch diesen Film, fiel mir glücklicherweise ein, in dem der Gaskassier eine Hausfrau nach der anderen vernascht. – Der Briefträger, sagte Heinz.

Kann sein der Briefträger.

Nein, ganz sicher der Briefträger, und die, die am öftesten gevögelt wird, ist Isabelle Huppert.

Eine von den Hausfrauen?

Ja. Nein, nicht eine, *die* Hausfrau!

Die Hausfrau. So eine Blonde.

Rotblond mit Sommersprossen. Isabelle Huppert eben.

Rotblond mit Sommersprossen. Ganz anders als die Filsinger.

Ja, *ganz* anders als die Filsinger. - Die Geschichte schien ihn irgendwie fertigzumachen. Möglicherweise war es aber auch nur der Entzug.

Im Titel war etwas von der Tür. *Der Briefträger an der Tür* oder so ähnlich.

Wenn der Postmann zweimal klingelt, seufzte Heinz, nicht der Gaskassier und nicht die Tür, *Wenn der Postmann zweimal klingelt.*

Ich spürte kurz den Impuls, laut darüber nachzudenken, was denn die Filsinger möglicherweise mit all den Briefträgern gemacht hatte, die da die Jahre hindurch an ihrer Tür aufgetaucht waren, doch ich verkniff es mir. - Du kennst viele Filme, oder? fragte ich statt dessen. - Jede Menge, sagte Heinz und entspannte sich ein wenig. Er ist eitel und weiß das. Ich wußte es auch.

Heinz begann von Julia Roberts' Mund zu faseln, von ihrem Gang in diesen hochhackigen roten Schuhen, die sie von Richard Gere geschenkt bekommen hat, von Sharon Stones Schamhaar und davon, wie sich Kim Basinger zu irgendeiner schicken Musik langsam auszieht. Dabei sah man zwischen dem dottergelben Baumwollripp-T-Shirt und dem Hosenbund seine Bauchspeckfalte. Auf ihr standen mehrere große Schweißtropfen. In seiner Mansarde war es wüstenmäßig heiß, obwohl die Dachflächenfenster durch Jalousien abgedunkelt waren. Kakteen, hier fehlten eindeutig Kakteen. Und Orangenscheiben zum Aussaugen. - Du hörst mir ja gar nicht richtig zu, sagte Heinz. - Sharon Stone, Julia Roberts - vielleicht einmal gehört, garantiert nie gesehen, gab ich zur Antwort, ich kenn grade

Kim Basinger von diesem *Neuneinhalb Wochen*-Plakat und Richard McGere.

Gere, Richard Gere, nicht Richard McGere.

Ich sag ja, du kennst dich da viel besser aus.

Meine Mutter kannte Sharon Stone und Julia Roberts und Kim Basinger und alle diese wahnsinnig berühmten Schauspielerinnen sicher bestens, möglicherweise auch Franziska.

Und für Kußlippen, Schamhaare und ein geiles Gehgestell interessierst du dich schließlich auch nicht, sagte Heinz und zog schmollend den Kopf ein. Er schien darüber nachzudenken, wie sehr er mich nun verachten sollte. Das tat mir leid. – Was suchst du eigentlich hier? fragte er schließlich in seiner grenzenlos charmanten Art. – Meinen Vater, erwiderte ich. Er hob eine Augenbraue und schien irgendwie verwirrt. – Ich habe ihn nirgendwo versteckt, sagte er nach einer Weile.

Das habe ich auch nicht erwartet.

Na also! Ist dein Vater nicht vor einem Jahr oder so beim Paddeln in der Salzach ertrunken?

In der Enns.

Gut, in der Enns. Aber ertrunken. Beim Paddeln. Ist es nicht so?

So sagt man zumindest.

Du selbst hast uns damals erzählt, daß dein Vater beim Paddeln ertrunken ist!!

Hab ich das?

Ja, hast du!! Daß er früher ein Spitzenpaddler war, daß er dich ab und zu mitgenommen hat, aber die schwierigen Sachen immer noch meistens allein gefahren ist und daß es irgendwie logisch für ihn war, zu ertrinken. Außerdem waren einige aus der Klasse mit beim Begräbnis!

Das ist richtig.

Na, siehst du! Was soll also das Geschwafel von wegen du suchst deinen Vater?!

Vergiß es! Die Geschichte geht mir manchmal noch im Kopf herum.

Das schien er zu verstehen. Er warf jedenfalls einen Blick auf das Paddel und schaute dann zufrieden. Ich erzählte ihm nicht, daß damals ein leerer Sarg bestattet worden war. – Ich hol uns von unten was zu trinken, sagte er und rappelte sich aus dem Liegestuhl hoch. – Ich brauch auch noch was anderes, sagte ich und grinste ein wenig. Heinz schaute kurz etwas ratlos und grinste dann ebenfalls. – Ein Bröselchen von der Spezialmischung? fragte er.

Ein wenig mehr als ein Bröselchen.

Ist dein Knie wieder akut geworden?

Ich schüttelte den Kopf. Im Oktober des Vorjahres war mir Bruno Wansch, der Fettarsch, im Turnen mit gestrecktem Bein gegen mein rechtes Knie gesprungen, weil ich ihm beim Basketballspielen zweimal den Ball zwischen den Beinen durchgedribbelt hatte. Ich steckte ihm zwar ein paar Tage später ein mit Pisse gefülltes Kondom in die Schultasche und stach es mit dem Zirkel vier- bis fünfmal an, doch das änderte nichts daran, daß mein Knie ziemlich im Eimer war. Zuerst schwoll es innerhalb von Minuten zu einem düsterroten kleinen Kürbis an und wurde noch am selben Tag ultramarinblau mit schwarzen Flecken. Meine Mutter bekam einen ihrer Du-bringst-mich-noch-ins-Grab-Anfälle und erinnerte sich leider im selben Augenblick an diesen Unfallchirurgen Küchler, den sie aus früheren Tagen kannte, wie sie sagte. Er ist einer dieser affenarroganten Prominentenoperateure, und ich will gar nicht wissen, was das genau heißt: Sie kannte ihn aus früheren Tagen. Kann sein, daß er beinahe mein Vater geworden wäre. Er bog und drückte jedenfalls dermaßen an meinem Bein herum, daß ich mir die Ränder meiner Zunge blutig biß. Dann bohrte er mir noch eine extradicke Nadel rein ins Knie, saugte mit einer Spritze, die so groß war wie eins dieser Klistierdinger, und kriegte doch nur ein paar Tropfen einer klaren Flüssigkeit mit roten Schlieren raus. Er schüttelte permanent mißbilligend den Kopf, so, als sei ich schuld, daß es da nicht dramatisch sprudelte. Schließlich ließ er sich zu der fachärztlichen Meinung herbei, es sei da wohl nichts gebrochen oder gerissen oder sonstwie gröber zerstört, und knallte mir einen Zinkleimverband aufs ganze Bein, von der Leistenbeuge bis zu den Zehen. Daher tat mir ab diesem Zeitpunkt auch das ganze Bein weh und nicht nur das Knie, von Tag zu Tag mehr, und ich wäre wahrscheinlich zur konkreten Selbstmordplanung geschritten, hätte Heinz mich nicht gerettet. Es war in einer Pause, und ich starrte apathisch auf das Musikbuch, das da von der letzten Stunde noch aufgeschlagen auf der Bank lag, bei den Motetten der italienischen Hochrenaissance oder so einem Zeug, das von Haus aus schon depressiv macht, als sich Heinz neben mich setzte. – Tut's noch weh? fragte er. – Arschloch! sagte ich. – Gib mir dein Jausenbrot, sagte er. – Wieso? fragte ich. – Gib her, sagte er, wirst schon sehen. Ich gab's ihm. Ich hatte sowieso keinen Appetit. Er nahm's, klappte es auf, zog ein winziges Papierbriefchen aus seiner Hosentasche, streute daraus ein weißliches Pulver auf den Zigeunerkäse und klappte es wieder zu. – Iß, sagte er und grinste blöd, ein speziell gewürztes Jausenbrot. Ich biß ab. Es schmeckte präzise nach dieser künstlichen Zigeunerkäseschärfe, sonst nichts. Mir war alles wurscht. Wenn er mich vergiftete, sollte es mir recht sein.

– Scheißwürze, sagte ich, nachdem ich den letzten Bissen hinuntergewürgt hatte, schmeckt nach gar nichts. Er grinste noch blöder als vorhin. – Es ist mehr der Nachgeschmack, sagte er, der ganz spezielle Nachgeschmack. In meinem Knie hämmerte es heiß, in den Zehen hatte ich kein Gefühl mehr, und vor meinen Augen verschwammen die Namen der venezianischen Fürsten, die angeblich die Kunst der Komposition mehrstimmiger Motetten auf die Spitze getrieben hatten. Dazwischen tauchten Bilder auf, wie man diesen Sack von einem Bruno Wansch am besten ermorden könnte. Leiden sollte er jedenfalls, ganz lange leiden! Ich war eben dabei, ihm mit einer glühenden Nadel ein Strichmuster aufs Doppelkinn zu zeichnen oder Säure in seinen Schlund zu gießen, als der Schmerz in meinem Knie plötzlich verschwand. Ich bog das Bein vorsichtig ab, streckte es wieder aus, bog es wieder ab, – es blieb dabei: Die Messer, die da drinnen gewütet hatten, waren weg. Die Zehen spürte ich zwar nach wie vor nicht, doch das scherte mich wenig. Ich stand auf, setzte mich wieder hin, stand wieder auf – keine Änderung, nur die Zinkleimbinde begann mich zu stören. Ich ging vor zu Heinz. – Was hast du mir da aufs Brot gestreut? fragte ich ihn.

Wie bitte? Er machte auf: Ich bereite mich auf die Chemiestunde vor.

Was du mir aufs Brot gestreut hast möchte ich wissen!

Meine Spezialmischung.

Deine Spezialmischung?

Jawohl, eine Art Notfallgewürz.

Aha, eine Art Notfallgewürz. Und was ist drin in deiner Art von Notfallgewürz?

Das ist jetzt zu langwierig zu erklären. Er blickte demonstrativ auf die Uhr.

Nach der Stunde?

Gut, nach der Stunde.

Nach der Stunde passierte dann allerdings nichts an Erklärung, denn ich war zu diesem Zeitpunkt längst sozusagen in anderen Umständen. Bereits als die Pinter auf Bleistiftabsätzen in die Klasse trippelte und unter ihrem beigen Kostüm so einiges wogte und rollte, platzte in einem angenehm warmen Schwall halblaut der Satz aus mir heraus: Nichts als Höcker - wie ein Kamel, das aus der Oase kommt! Alle lachten. Sie schaute kurz in meine Richtung, gelassen, souverän, noch. In regelmäßigen, heftigen Wellen schwappte mein Kontrollvermögen aus mir hinaus, und die Welt bekam eine Einfachheit und Klarheit wie nie zuvor. - Pinterium, das neue Transuran, sagte ich, als sie die Tafel mit dem Periodensystem der Elemente entrollte. Erwartungsgemäß forderte sie mich auf, alle Transurane, die ich kannte, zu nennen. Es gelang mir eine lückenlose Aufzählung bis zum Hahnium, und ich hatte dabei die absolute Gewißheit, irgendeine fremde Macht aus mir sprechen zu hören. - Das Pinterium, sagte ich schließlich noch, trägt die Ordnungszahl hundertdreiundzwanzigkommafünf und ist gewissermaßen eine Mischung aus einem gefährlich flüchtigen Metall und einem unangenehm trägen Edelgas. Während dieses Satzes wuchs der Pinter ein hellgrüner Strahlenkranz rings um ihren Kopf. Das sah so absurd aus, daß ich einen unstillbaren Lachanfall erlitt, der mir die erste Klassenbucheintragung einbrachte. Am Ende der Stunde waren es vier Eintragungen geworden - wegen Frechheit, außerordentlicher Frechheit, andauernder unerhörter Frechheit und wiederholter Verächtlichmachung der Lehrperson -, und ich hatte Dinge über die Eigenschaften der Halogene, über starke Säuren und über die industrielle Nutzung des Elementes Silizium erzählt, von denen ich schwören hätte können, daß ich sie nie zuvor in meinem Leben gehört oder gelesen hatte. Ich schwebte einen halben Meter über dem Boden, nicht nur schmerzfrei, sondern unbesiegbar.

Das Elend kehrte am Abend zurück. Ich lag im Bett, zitterte und fragte mich um die Wahrscheinlichkeit, nach der Amputation eines Beines tatsächlich Phantomschmerzen zu bekommen.

Ab der zweiten Portion war es vorbei mit der Gratisaktion. Heinz nahm achtzig Schilling pro Briefchen Spezialmischung, sechzig bei Abnahme von zumindest fünf Stück auf einmal. Das Knie brauchte dreieinhalb Wochen, bis es ausgeheilt war, und ich brauchte weitere vier Wochen, bis ich von dem Zeug losgekommen war. Ich hatte meine Ersparnisse empfindlich angezapft, meiner Mutter einiges Geld gestohlen und den Lehrkörper in der Meinung über mich komplett entzweit; das heißt, letztlich hatte ich den Grundstein zum fürchterlichen Abschluß dieses Schuljahres gelegt und Heinz König ein gutes Stück reicher gemacht.

Nein, mein Knie ist völlig in Ordnung, sagte ich. Er zog die Brauen hoch. - Bist du drauf auf irgendwas? fragte er.

Drauf? Ich? Spinnst du?

Wofür brauchst du das Zeug sonst?

Ich weiß nicht. Für den Notfall. Als Rückhalt.

Als Rückhalt? Mir kommen die Tränen! Ich glaube, das arme, gottverlassene Waisenkind weiß nicht, was es mit seinem Geld anfangen soll!

Er stand auf. - Arschgesicht! sagte ich und folgte ihm ins Schlafzimmer. Er latschte quer über seine Matratze. Ich trug die Shimano-Schuhe und versuchte daher, außen herumzugehen. Das war durch die im Weg hängenden Hemden und Hosen gar nicht so einfach. Er holte seinen Schlüsselbund hervor, öffnete die Türen des Laborschrankes und klappte einen winzigen Ausstelltisch aus Stahlblech nach vorne. Darauf plazierte er einen Porzellanmörser mit Keramikstößel, drei Medikamentenpackungen und zwei mittelgroße Einschubschütten aus transparentem Kunststoff. Dann nahm er aus den Medikamentenpackungen jeweils zwei Tabletten Mundidol retard, Temgesic und Lexotanil 6 mg sowie aus der einen Schütte vier große runde hellblaue Tabletten, die den Kopf von Fred Feuerstein aufgeprägt hatten, und ließ alles in den Mörser fallen. Die Fred-Feuerstein-Dinger kannte ich von Elvira Kraus, der magersüchtigen Hellblonden, die bei uns in der ersten Reihe sitzt, gleich neben dem Fenster. Sie sagte, das Zeug sei aus Dänemark, besonders sorgfältig hergestellt und ohne zweifelhafte Zusätze. Sie behauptete, sie nehme es zum Lernen. Es schien nicht viel zu nützen. – Und zur Abrundung ein Stäubchen Traubenzucker, sagte Heinz und schaufelte aus der zweiten Schütte einen knappen Teelöffel davon zu den Tabletten in den Mörser. Während er die ganze Mixtur zu einem feinen Pulver zerknirschte, hatte er die Augen geschlossen und schnurrte zufrieden wie ein Kater vor dem Einschlafen. Er leerte das Pulver auf die Nirostaplatte, zog aus einem kleinen Fach des Schrankes eine zirka zwanzig Zentimeter lange und drei Zentimeter breite Spachtel aus blankpoliertem Metall hervor, strich mit ihr das weiße Häufchen glatt und trennte es sorgfältig in fünf gleich große Teile. Diese Portionen füllte er in fünf winzige weiße Kuverts, verschloß sie und schrieb auf jedes mit einem schwarzen Fineliner: » Heinz König«. Das fand ich eindeutig übertrieben. Als ich die Briefchen an mich nehmen wollte, schüttelte er abwehrend den Kopf und hielt mir die offene Hand hin. Manchmal macht er einfach auf harter Gangsterboß. Dabei kennt er zum Beispiel Istvan Berecz überhaupt nicht. Ich plagte mich jedenfalls erneut durch das Dickicht der herumhängenden Garderobe, um zu meiner Geldbörse zu gelangen. Aus dem Inneren meines signalgrünen Rucksackes schlug mir der Reifengestank der hineinverpackten dunkelblauen Leinen-Sportschuhe entgegen.

Eine Klammer legte sich kurz um meine Kehle, ein rotes Lämpchen glühte flüchtig auf, und ganz beiläufig, irgendwie im Vorbeigehen, hätte ich Heinz König mein Knie in die Eier rammen mögen, so daß er bis zur Decke stieg und dort für einen Augenblick mit schmerzverzerrtem Gesicht hängenblieb.

Kennst du Doop? fragte ich Heinz. Er schien nicht ganz zu verstehen. - Dope? sagte er. Na sicher kenn' ich Dope! Was soll die Frage?

Nicht Dope. Doop. D-O-O-P.

Doop? Nein, nie gehört. Wer soll das sein?

Du hörst doch gelegentlich Radio?

Tu ich. Ja. Aber Doop? Nein. Klingt wie ein jamaikanischer Oberpriester oder so.

Ein Oberpriester? Da hast du vielleicht gar nicht so unrecht.

Haha! Sehr witzig! Wer ist also Doop?

Tatadoopdooptatadoopdoop, sagte ich und hielt ihm die dreihundert Schilling hin, die ihm zustanden. Er beachtete sie nicht. - Wer ist Doop? fragte er und pflanzte sich auf. Ich bin in Wirklichkeit nicht besonders stark. Das ist manchmal ein Problem. - Klarinettenmusik, sagte ich, Doop ist Klarinettenmusik. Ziemlich abartig, aber trotzdem eine Art Notfallmedizin, ein Rückhalt. Das schien ihn zu beruhigen. Er gab mir das Zeug, nahm das Geld und schüttelte den Kopf. – Dein Leben muß ein ziemlicher Notfall sein, sagte er.

Klammer um den Hals. Lämpchen. Knie in die Eier. Ich sagte gar nichts.

Er ging mit mir hinunter und holte uns je eine Dose »Black Spider« aus der Küche. »Black Spider« ist angeblich der ärgste Energy-Drink, der jemals auf den Markt gebracht wurde, jede Menge verbotener Sachen drin, und nur die Hälfte steht drauf. Der Geschmack liegt irgendwo zwischen »Flying Horse« und »XTS«, aber das ist nicht so wichtig. Mein Vater hatte immer wieder gesagt, das Coffein und so sei ihm ganz egal, doch diese Mischung aus Zucker und Fruchtsäuren fresse den Zahnschmelz auf wie Essig den Kalk; aber er lebe in seinem Beruf sowieso zu neunundneunzig Prozent von der unheilbaren Stupidität der Menschen. Die Hintergrundfarbe der »Black Spider«-Dose war jedenfalls absolut identisch mit dem Gelb von Heinz Königs Baumwollripp-T-Shirt, und ich dachte: Vielleicht ist das auch schon das einzig wirklich Wichtige.

Als ich mein Scott Yucatan vom Kompostsilo weghob, hörte ich vor dem Haus ein Auto halten, die Angeln des Gartentores quietschen und kurz darauf rasche Schritte auf dem Kiesweg. Ich lugte um die Ecke des Geräteschuppens und sah in einem hellbeigen Leinenkostüm und einer moosgrünen Bluse Heinz' Mutter auf die Haustür zugehen. Ich sah die muskulösen Waden, die auftoupierte Blondhaarfrisur, den mächtigen Vorbau, der laut Heinz von einer doppelzeltartigen Vorrichtung aus Draht und blütenweißem Baumwollstoff an den Brustkorb geschnallt wurde, die überdimensionale Elefantenlederhandtasche unter ihrem Arm, und dieses süßliche Lächeln in ihrem Gesicht, das sagte: Ich weiß es besser als die anderen Menschen dieser Welt, und ich sehe es der ganzen Welt nach, daß sie es nicht so gut weiß wie ich! – Daß es zu jeder schlimmen Sache auf der Welt eine Steigerung gibt, ist beunruhigend. Ich meine so Dinge wie Krieg und Folter und Kindesmißhandlung. Daß es schlimmere Mütter gibt als die eigene, das ist meistens eher beruhigend. Heinz sagte, seine Mutter sei der Meinung, sie habe ihn absolut fest im Griff. Mich überschüttete sie süßlich mit guten Ratschlägen, sooft sie mich sah, vor allem, seitdem mein Vater weg war.

Aus der Ferne war die Sirene eines Rettungsautos zu hören. Vielleicht hatte jemanden der Hitzschlag getroffen. Gute Ratschläge waren überall billig zu kriegen.

Ich sah, daß ich möglichst rasch ins Wiental hinunterkam, und wandte mich stadtauswärts. Ich folgte der Bundesstraße Nummer 44, überfuhr in Purkersdorf beinahe einen kurzbeinigen, scheckigen Hund, der mitten auf der Fahrbahn vor sich hin döste, und wandte mich unmittelbar vor dem Wienerwaldstausee nach Süden. Ich schaltete ganz nach unten und kroch die Steigung nach Wolfsgraben, die an sich eine Bagatelle ist, maximal langsam hinauf. Ich erinnerte mich, wie mich mein Vater auf dem Lunzer See erstmals in den Doppelsitzer-Topolino genötigt hatte. Ich war damals vielleicht acht Jahre alt und konnte gerade halbwegs sicher schwimmen. Beim Aussteigen fiel ich prompt ins Wasser, und der Lunzer See ist so ziemlich das kälteste Gewässer der Welt. Meine Mutter bekam einen hysterischen Anfall und brüllte während der gesamten Heimfahr Vater die Ohren voll: Rabenvater, fahrlässig, geisteskrank, es reicht, wenn du dich selber umbringst, du brauchst nicht auch noch das Kind zu ertränken, und so fort. Durch den Rückspiegel warf mir Vater immer wieder eigenartig zweifelnde Blicke zu, sodaß ich zur Seite schauen mußte.

In die Kehren des Kleinen Semmering legte sich schräg die letzte Sonne. Ich zog das Tempo an und schwitzte prompt, als ich die Abzweigung nach Breitenfurt passierte. Ich trat trotzdem weiter voll durch und hielt erst gut zwei Kilometer später bei einem Gasthaus, von dem in großen Flecken die gelbe Fassade bröckelte. Ich nahm die Fahrradflasche aus der Halterung und ging auf den alten glatzköpfigen Wirt zu, der da vor dem Haus unter einem weiß-blauen Sonnenschirm saß. Er blickte von der Zeitung auf und ließ seine enorme blaurote Nase sehen. Jede Pore ein Krater in der Landschaft. - Sprite? fragte er und wies auf die Fahrradflasche. Ich nickte. - Ja, Sprite, sagte ich, wie immer. Er stand ächzend auf, nahm die Flasche und verschwand im Haus. Das Hemd hing ihm hinten aus der Hose.

Die Zeitung war bei einer rührseligen Geschichte über einen jungen Mann aufgeschlagen, dem die Krankenkassa nicht glaubte, daß er querschnittgelähmt war, und deshalb keinen elektrischen Rollstuhl bezahlen wollte. Auf der Seite vis-à-vis drückten sich die Brustwarzen einer Schwarzhaarigen mit Pagenkopf durch ihren goldenen Bikini. Auch die Spalte zwischen ihren Beinen war als zarter Schatten sichtbar. Glücklicherweise kriegt man in Radlershorts ausgesprochen schwer einen Steifen. Plötzlich war der Wirt wieder da und schaute mir über die Schulter. Der Geruch von Knoblauch und Schweiß schien direkt aus den Poren seiner Nase zu kommen. - Ganz schön anregend, nicht wahr? sagte er und grinste ordinär. Ich senkte den Kopf, damit mein rotes Gesicht im Schatten der Schirmkappe ein wenig verschwand, murmelte etwas von: viel zu heiß oder so, langte nach der gefüllten Fahrradflasche, bezahlte und ergriff die Flucht. – Fanta, brüllte er hinter mir her, ich habe Fanta eingefüllt, es war kein Sprite mehr da! Sein Gestank ließ nur langsam von mir ab.

Einen knappen Kilometer danach verließ ich bei einem riesigen Bergahorn die Hauptstraße nach rechts und folgte einem schmalen Güterweg, der anfangs kiesbestreut war, nach den ersten beiden Kurven jedoch ziemlich grobsteinig wurde. Der Weg querte erst einen breiten Streifen von Erlen- und Holundergebüsch und führte dann hinein in den hochstämmigen Hainbuchenwald. Nach zwei Geländestufen, die ich in den Pedalen stehend überwand, tauchte links die winzige, dunkelgrün gestrichene Jagdhütte auf, deren Fensterläden ich noch nie offen gesehen hatte. Unmittelbar hinter ihr bog ich in einen Fußpfad ein, duckte mich, durchstieß die tiefhängenden Zweige eines Vogelkirschbaumes, überwand noch eine flache Geländekuppe und war da.

Wie das Wrack dorthin gekommen war, interessierte im Grunde keinen. Es wies keine Blutspuren oder Einschußlöcher auf, und es befanden sich weder Handgranaten noch irgendwelcher Stoff im Kofferraum. Es war ein weißer Mitsubishi Lancer. Die Räder waren abmontiert worden, das heißt, das ganze Ding lag auf der Bodenplatte. Der Motor fehlte, und auch der Armaturenblock war komplett ausgeräumt worden, aber das spielte keine so große Rolle. Mit Ausnahme des linken hinteren Seitenfensters war die Verglasung in Ordnung, und auch die Sitze waren vollständig vorhanden und ohne wesentliche Beschädigung. Das war viel wichtiger.

Ich hängte das Rad mit dem Bogenschloß an eine schlanke Buche. Das war mehr Gewohnheit als sonstwas, denn hierher kam heute garantiert kein anderer mehr. Die Sitze waren geradegestellt und voll mit Bröseln von Waffeln und Kartoffelchips. Der Boden des Inneren war versaut mit Zigarettenstummeln, und die zwei blau-grün karierten Decken fand ich zusammengeknüllt neben einigen leeren Bierflaschen im Kofferraum. Offensichtlich waren Robert und Kurt dagewesen, die schlampigen Säcke, oder einer der beiden mit einem Mädchen. Ich legte die Sitze um und breitete eine der Decken darüber. Ich holte die Schokolade aus dem Rucksack. Beide Tafeln waren total weich. Ich entschied mich für die Frigor von Lindt. Ich trank dazu das Fanta aus der Fahrradflasche. Am Schluß leckte ich die Schokoladefolie ab, knüllte sie zu einer Kugel und warf sie in das Loch, wo früher der Tachometer gewesen war. Dann rülpste ich, etwas, das ich nur kann, wenn ich irgendwas mit Kohlensäure getrunken habe, und zog mich bis auf die Unterhose aus. Ich kroch zur Gänze ins Auto, schloß die Türen und drückte sämtliche Verschlußknöpfe nach unten, was alle anderen vermutlich reichlich paranoid gefunden hätten. Ich fühlte mich jedenfalls irgendwie sicherer und war in diesem Moment niemandem Rechenschaft schuldig.

Ich griff auf der Beifahrerseite rechts seitlich nach unten. Nichts. Die Hefte waren weg. Ein *Hustler* war dagewesen, ein Exemplar von *Men Only* und mehrere Nummern von einem eher miesen deutschen Kontaktmagazin, dreißig Schilling das Stück oder fünfundzwanzig. Kurt oder Robert? Irgendeiner der beiden Ärsche hatte alles mitgenommen und wichste jetzt zu Hause darauf. Ich legte mich hin, auf den Rücken, Kopf nach hinten, und deckte mich mit der zweiten Decke zu. Ich schloß die Augen und versuchte mir die Brustwarzen und die Spalte der Schwarzhaarigen mit dem Pagenkopf vorzustellen. Es ging nicht. Statt des goldenen Bikinis erschienen mir gelbe Baumwollripp-T-Shirts und mintgrüne Jogging-Anzüge. Dann fiel mir Marquis Posa ein. Wenn ich in der Früh aufwachte, lag er oft ausgestreckt auf meiner Brust, den breiten Schädel völlig platt vor meinem Kinn, und schnarchte. Sofort wuchs mir ein Knödel in der Kehle. Scheiße.

4

Sanctus,
Sanctus, Sanctus
Dominus Deus Sabaoth.

Am nächsten Morgen war der Sattel weg. Ich rieb mir die Augen, schlug mit dem Daumenballen dreimal gegen meine Stirn: keine Änderung! Ich steckte den Kopf noch einmal unter die Decke und zählte bis dreißig: Nichts, ich konnte hinstarren, solange ich wollte: Irgend so ein Psychopath hatte in der Nacht meinen Fahrradsattel gestohlen! Es fehlte nichts anderes, nicht die Räder, nicht die Pedale, nicht der Lenker, nicht das Paddel, nein, nur mein Avocet-Air-Sattel, Kalbsleder mit Titaniumgestell. Kostete satte zweitausend Schilling, wenn man ihn extra kaufte. Der Dieb war entweder ein Experte gewesen, oder er hatte einfach Schwein gehabt. Ich mußte jedenfalls geschlafen haben wie in Vollnarkose.

Vor lauter Ärger fraß ich die ganze Tafel Schwarzwälder Kirsch-Schokolade auf einmal. Ich hatte gewußt, sie würde mir nicht schmecken. Außerdem hatte ich am Abend das Fanta ausgetrunken, so daß nichts da war, um dieses Gefühl von einem Fettdepot im Magen wegzuspülen.

Es war schätzungsweise sieben Uhr, vielleicht auch noch früher. Die Temperatur war jedenfalls bereits erbarmungslos im Steigen. Ich schlüpfte in die Sachen vom Vortag und zog das Fixiermesser aus dem Rucksack, um es dem Satteldieb kurz einmal zwischen die Rippen zu rammen. Dabei stellte ich fest, daß ich vergessen hatte, Reserveunterhosen einzupacken. Ich schob das Rad bis zur Jagdhütte, stieg dort in die Pedale, ergriff die Bremsen und ließ mich den steilen Güterweg hinab. An der Straße wandte ich mich nach rechts.

Bis Heiligenkreuz waren es vielleicht fünf oder sechs Kilometer, doch wer hat schon eine Ahnung, wie es ist, fünf oder sechs Kilometer auf Mountainbike-Pedalen stehend bergab zu fahren, ohne Sattel, mit nichts als Luft unter dem Hintern. Nach sieben Minuten hast du einen Krampf in der rechten Wade, nach siebeneinhalb Minuten hast du auch einen Krampf in der linken Wade; gleichzeitig beginnt es im Kreuz zu ziehen. Zwei Kurven später ist deine gesamte Wirbelsäule, vom Steißbein bis zum Nacken, in einer völlig bizarren Verkrümmung fixiert, und deine Versuche, dich auf dieses scharfkantige Rohr zu setzen, machen die ganze Angelegenheit nur noch schlimmer. – Manche Leute meinen, sie können mit den Händen paddeln, hatte mein Vater immer wieder gesagt, und: Vergiß es, wenn die Ausrüstung nicht stimmt, glaube mir, vergiß es! – Mein Sattel wurde möglicherweise inzwischen vom stinkenden Arsch eines Satteldiebes vergewaltigt oder war unterwegs in ein privates Ersatzteillager.

In der Autobahnunterführung knapp vor Heiligenkreuz wußte ich, ich mußte etwas unternehmen, wenn ich meine Fahrt noch länger fortsetzen wollte. Als ich im Ort an der Einbiegung in die B11 anhielt, stieß es mir eine Mischung aus Magensaft und Schwarzwälder Kirsch-Schokolade auf. Zugleich wurde mir klar, daß die Wahrscheinlichkeit, hier ein Fahrradgeschäft zu finden, ungefähr so groß war wie die Wahrscheinlichkeit, demnächst in einen netten kühlen Nieselregen zu geraten. Außerdem hatte ich gerade noch vierhundert Schilling in der Tasche. Das Sparbuch, ja, das Sparbuch steckte auch irgendwo im Rucksack, aber das stand nicht zur Disposition.

Da gab es diesen blöden Spruch: Wenn du glaubst, es geht nicht mehr, kommt von irgendwo ein Lichtlein her. Das hatte in meiner Volksschulzeit unsere vertrocknete Religionslehrerin in die Stammbücher der Mädchen geschrieben. Lichtlein von irgendwoher brauchten damals Hungerkinder aus der Sahelzone und vertrocknete Religionslehrerinnen, sonst niemand. – Das türkisfarbene Bianchi-Rennrad lehnte zweieinhalb Kilometer später einfach da, neben dem Eingang zu jener kleinen Bäckerei in Alland. Ich bremste und lehnte mich dazu, ganz und gar zufällig, tat irgendwas an meiner Schaltung herum, drückte und ruckelte und machte dazu ein verzweifeltes Gesicht, so als hätte ich einen absolut unangenehmen Defekt. Aus den Augenwinkeln schaute ich mich um: Kein Mensch in der Nähe, der Bianchi-Renner sicher zehn Jahre alt, Rostspuren auf den Felgen, am rechten Pedalclip ein Riemen gerissen, der Lack total zerkratzt – und Schnellverschlüsse! Noch immer nicht die Spur eines Menschen, keine Schritte, keine Stimme, drei Schnellverschlüsse: an der Gabel, am Hinterrad und am Sattelholm. Ich dachte an Istvan Bereczs Ray Ban-Sonnenbrille und an den weißen Speckwulst unterhalb von Heinz Königs gelbem Baumwollripp-T-Shirt, richtete mich auf und streckte mich, um möglichst breit den Mittelteil des fremden Rades abzudecken. Dann brauchte es ein Stoßgebet gegen allzuviel Rost auf dem Sattelrohr, drei, vier, fünf entschlossene Handgriffe, und der Schnellverschluß – jener am Sattelholm meines Scott Yucatan – schnappte weich zu. Ich hatte den Defekt behoben, zauberte Entspannung in mein Gesicht, ließ vorsichtig den Blick schweifen und lauschte noch einmal: nichts, kein Polizist, kein Bäcker mit Schrotflinte. Der Bianchi-Renner sah auf den ersten Blick noch immer völlig unauffällig aus. Außerdem wäre er sowieso demnächst zu verschrotten gewesen. - Wenn es wichtig genug ist, muß man sich nehmen, was man braucht! hatte mein Vater gelegentlich gesagt, unter anderem einmal, als einem seiner Zahnärzte von einem siebzehnjährigen Elektrikerlehrling die Handkassa mit zweiundneunzigtausend Schilling gestohlen worden war. Manche Zahnärzte konnte mein Vater gar nicht leiden. - Sie traktieren die Menschen so lange, bis sie pleite sind und nur mehr totes Zeug im Mund haben, sagte er. Für Elektrikerlehrlinge schien er eher was übrig zu haben.

Ich fuhr auf der B11 weiter nach Südwesten, an der Allander Lungenheilstätte vorbei bis Nöstach, bog ab in Richtung Hafnerberg, und erst als es jenseits wieder bergab ging, hielt ich an, um mir genauer anzusehen, worauf ich da während der vergangenen Minuten gesessen war. Der Sattel trug den Aufdruck »Turbogel Ergo«. Er war mit mehreren Gelkissen gepolstert und vielleicht doppelt so breit wie mein Avocet-Air. Im vorderen Drittel wies er einen langen, schräg verlaufenden Schnitt auf. Das Gelkissen darunter war ausgeronnen. Rein optisch war das Ding so zirka das Vorletzte. An Lichtlein, die von irgendwoher kamen, durfte man wohl keine Ansprüche stellen.

Ich fuhr das Triestingtal aufwärts bis zum Gerichtsberg, einem Talübergang, den man kaum wahrnimmt, wenn man halbwegs trainiert ist. Gerichtsberg: Früher hatte man hier wahrscheinlich die Muttermörder und Hochverräter gehängt. In Hainfeld setzte ich meine Sonnenbrille auf, eine

Killer Loop, die ich mir selbst als Trost für mein letztes Jahreszeugnis geschenkt hatte. Nach meinem letzten Jahreszeugnis hatte ich jede Menge Trost gebraucht, unter anderem die Shimano-Schuhe, die Sonnenbrille und einen sündteuren Lamy-Fineliner, den ich zu Hause vergessen hatte und den natürlich Franziska auf der Stelle mißbrauchen würde, sobald sie merkte, daß ich weg war. Wahrscheinlich hatte sie ihn längst in ihren Fingern und schrieb damit Tagebuch: Gestern war ein wunderbarer Tag: Ich hatte meine erste Regel, und mein Bruder hat sich aus dem Staub gemacht. Endlich! Vaters Lamy hatte sich seinerzeit Mutter gleich unter den Nagel gerissen. Geerbt kann man dazu auch sagen, glaube ich.

Während ich durch Sankt Veit fuhr, registrierte ich erstmals, daß mir der Hintern wehtat. Ein helles Brennen, das sich von den Innenseiten der Oberschenkel in die Falte hineinzog. Ich hoffte auf die Anpassungsfähigkeit meines Sitzapparates und stand alle paar hundert Meter in den Pedalen auf.

Ich erinnerte mich, wie ich an einem Tag im Mai in einem ausgeborgten Prijon Invader die hochwasserführende Koppentraun befahren und in diesem winzigen Boot ohne jeden Tiefgang endlose Stunden im Gefühl der permanenten Lebensgefahr verbracht hatte. Am Ende stieg ich schlotternd und mit Gummigelenken aus, und mein Vater sagte plötzlich: Dir rinnt ja das Blut aus der Hose! Als ich den Neopren-Overall auszog, sah ich, daß die Außenseiten meiner beiden Knie großflächig aufgeschürft waren, und ich in meinem Streß nichts davon bemerkt hatte. Mein Vater war so wenig besorgt wie immer und pappte mir Hirschtalg, den er immer dabei hatte, auf die Wunden. – Gefahr macht schmerzfrei, sagte er, oder so was. Im Auto lag ich dann auf dem Rücksitz, stellte mich schlafend und heulte in Wahrheit in mich hinein.

Im Traisental wandte ich mich nach Süden. Stift Lilienfeld lag kitschig in der Vormittagssonne da. Petric hatte immer wieder davon phantasiert, sich einmal für ein paar Monate in ein Kloster zurückzuziehen, um in Ruhe alte Astronomie- und Mechanikbücher studieren zu können. - Nämlich wirklich in Ruhe! hatte er gesagt. Mit Chorgebet und Schweigen während des Essens! Dann war er gegen den Mittelpfeiler der Autobahnbrücke gefahren.

Ich nahm das Tempo zurück und begleitete eine Weile einen enormen grünen Mähdrescher, der rechts von mir ein Weizenfeld durchpflügte. Der Mann mit dem weißen Stoffhut da oben saß sicher auf einem Wunderding von einem Sitz, ergonomisch, hydraulisch, multifunktionell und weiß Gott noch was. Ich saß in erster Linie auf einem Arsch, der brannte.

In Türnitz hielt ich bei einem BILLA-Markt, der laut einer Serie von Plakaten vor eineinhalb Wochen eröffnet worden war. Ein Foto am Eingang: Der dicke Trainer der Juniorenfußballmannschaft hatte beim Eröffnungsquiz einen Städteflug für zwei Personen gewonnen. Ich nahm mein Fahrrad mit ins Geschäft. Sämtliche Bediensteten schauten mich blöd an, einer nach dem anderen. - Mir haben sie erst vor kurzem auf einem Parkplatz den Sattel gestohlen, sagte ich zumindest fünfmal. Das akzeptierten sie als Rechtfertigung und waren alle sehr verständnisvoll. - Mein Mann hat unserem Neffen fürs Zeugnis ein Mountainbike geschenkt, sagte eine Frau mit hervorquellenden Augen, während sie auf Reispackungen Bar-Code-Etiketten klebte. Es hat dreieinhalbtausend Schilling gekostet. Ich sagte nicht, wieviel mein Scott Yucatan gekostet hatte.

In Türnitz gab es sicher viele arme Leute und kein richtiges Fahrradgeschäft. Ich kaufte eine Semmel mit Extrawurst und einem Essiggurkerl, eine Dreierpackung Mars-Riegel und zwei Dosen Isostar. Im Zeitungsregal vor der Kassa lagen ein Playboy, ein Penthouse, deutschsprachige Ausgabe, eine Neue Revue und einige andere Zeitschriften mit nackten Frauen vorne drauf. Die Kassierin trug eine dunkelrot gefärbte Dauerwellenfrisur und eine Lesebrille, die ihre faltigen Tränensäcke ein wenig verdeckte. Sie hätte mich sicher mit bösem Blick nach meinem Alter gefragt, mir meine Lügen nicht geglaubt und einen Ausweis verlangt. Also vorläufig keine Titten, keine glatten Ärsche und all das übrige.

Draußen war es um fünf Grad wärmer geworden. In Wahrheit war es wohl nur der Kontrast zur klimatisierten Supermarkthalle, aber das änderte nichts an der Transpirationswelle, die da plötzlich aus meiner Haut brach. Sonnenbrille, Schirmkappe. Ein paar Eiswürfelpackungen wären nett gewesen. Ich war noch ausreichend bei Sinnen, um nicht geradewegs nach Annaberg hinaufzufahren. Siebenhundert Meter Höhenunterschied, das letzte Stück fast senkrecht, nein danke!

Ich bog rechts zum Türnitzer Gscheid ab. Das war steil genug. Ich quälte mich die Kehren hinauf, anfangs teils stehend, teils sitzend, am Ende nur noch stehend. Der Coolmax-Sitzpolster meiner Hose hatte sich in Luft aufgelöst, und der Transtex-Einsatz im Kreuz leitete wie ein Drainagerohr den Schweiß in meinen Schritt. Dort fraß mir das Salz das Fleisch von den Nervenenden. Knapp bevor ich den Scheitelpunkt erreicht hatte, überholte mich ein rotes Mazda MX5-Cabrio. Drin saßen ein Mann und eine Frau und scherzten miteinander. Sie spielten laut Jimi

Hendrix oder The Doors oder so ein altmodisches Zeug. Sie winkten mir heftig zu und brüllten irgendwas, das ich nicht verstand. Das lange Haar der Frau flog im Fahrtwind in der Gegend herum. Mir war nicht nach Zurückwinken.

Elvira Kraus fiel mir ein, die magersüchtige Hellblonde aus meiner Klasse. Sie behauptete immer wieder, sie werde entweder Schauspielerin oder Psychotherapeutin. Trotz ihrer Hungerfigur hatte sie immer noch zwei recht ansehnliche Leckerbissen vorne auf den Rippen sitzen. Vor eineinhalb Jahren, auf dem Schikurs in der fünften Klasse, hatte ich einige Male das Vergnügen gehabt, draufzugreifen. Damals war sie freilich noch nicht so dürr gewesen. Sie hatte mir dabei spitz die Zunge in den Mund gesteckt und damit meine Zahnreihen abgetastet. Das war, ehrlich gesagt, gar nicht so übel gewesen.

Jenseits ging es bergab, ganz und gar eindeutig. Ich setzte mich in meiner Erleichterung gleich einmal so richtig kräftig auf meinen Martersattel nieder. Der Schmerz fuhr mir wie ein Stromschlag über die Rückseite der Oberschenkel bis in die Waden hinab. Ich blieb trotzdem sitzen und wischte mir nach einer Minute die Tränen von den Wangen. Ich rollte durch Schwarzenbach und einige Kilometer die oberste Pielach entlang talaus, bis an jenen Punkt kurz hinter Frankenfels, an dem das Flüßchen aus dem Westen erst den Nattersbach, dann den Weißenbach aufnimmt. Hier, unmittelbar unterhalb der Ruine Weißenburg, hatten Vater und ich damals eingesetzt, als ich zum ersten Mal allein in einem Boot eine Wildwasserstrecke befahren durfte. Ich war vielleicht elf gewesen, höchstens zwölf. – Beim ersten Felsblock wirst du dich anlullen, sagte Vater und grinste, aber mach dir nichts draus, das passiert jedem. Ich glaubte ihm kein Wort, und es passierte mir tatsächlich erst beim zweiten Felsblock. Ich machte mir ziemlich was draus. Auf der gesamten Fahrt schlug ich jedenfalls einen irrsinnigen Wirbel mit dem Paddel, was einzig zur Folge hatte, daß ich in Summe viermal umkippte. Vater machte kaum einen Schlag und hätte dennoch in der Zeit, die ich für die Strecke benötigte, bis zur Donau paddeln können.

Ich legte das Rad auf die Betonrampe, die ans Ufer hinunterführte, und setzte mich daneben auf meine dunkelgrüne Nike-Windjacke, die ich zusammengeknüllt als Polster verwendete. Ich holte die Wurstsemmel aus dem Rucksack, breitete das Verpackungspapier über meine Knie und legte die Semmel aufgeklappt hin, auf jeder Semmelhälfte ein halbes Essiggurkerl. Nach einigem Kramen fand ich jenes schmale, durch einen Gummiring zusammengehaltene Päckchen. Ich zog eines der fünf Briefchen heraus. Heinz König. Ich öffnete das Kuvert und streute das weiße Pulver gleichmäßig auf Extrawurst und Gurkerlhälften. Dann klappte ich die Semmel zu und biß ab. Ich hatte nicht gedacht, daß ich das Zeug so bald brauchen würde. Eine Art Notfallgewürz. Dazu trank ich eine Dose Isostar.

Eine enorme schwarze Libelle umkreiste in kurzen, abgesetzten Sprints meinen Kopf. Hier gab es sicher jede Menge Forellen im Fluß. Ich hatte oft den Wunsch gehabt, angeln zu gehen. Vater hatte jedoch jedesmal behauptet, er könne keine Fische erschlagen. Das Wasser gluckste. Ich war kurz versucht, die Hose runterzuziehen und den Arsch einzutauchen, doch der Schmerz war bereits weg.

Ich wandte mich nach links und fuhr in östlicher Richtung das Weißenbachtal hinauf. Ich fühlte mich prächtig. Hätte ich es drauf angelegt, so hätte ich seinerzeit Elvira Kraus auch ins Bett bekommen, und sie wäre auf diesem

Schikurs unter Garantie auf echten Sex so abgefahren, daß sie nicht einmal nach einem Kondom gefragt hätte. Ich hätte auch die kleine Susanne Hübner haben können, die Freundin der Elvira Kraus, und auch Daniela Schwetz, die Schweigsame mit dem strengen Pagenkopf und dem schwarzen Lippenstift, Daniela, der ihre Eltern für Mathematik und Physik drei verschiedene Nachhilfelehrer gezahlt hatten. Unter anderem Petric selbst. Dann waren's nur noch zwei. Die Hübner ging auf zwölf Zentimeter hohen Stöckeln einher, und Daniela Schwetz hatte die perfekteste Brust der Klasse. Wie von Michelangelo, behauptete Robert Kopp, der jenseits des Mittelganges rechts seitlich von ihr saß.

Nach einer kräftigeren Steigung zog ich mein dunkelgraues Diesel-T-Shirt aus. Meine Bauchmuskeln waren horizontale flache Wülste, und meine Oberschenkel sahen aus wie jene von Miguel Indurain. - Du bist ein männlicher Pubertierender, sagte manchmal meine Mutter. Sie war eine ahnungslose Kindergärtnerin.

Ich hatte eben die Burg Plankenstein oder wie sie hieß hinter mir gelassen, als ich in der rechten Hüfte ein Ziehen spürte. - König, du Arsch! dachte ich. Heinz König, du fetter, betrügerischer Weichsack! Ich trat probehalber fester in die Pedale. Es zog tatsächlich in der Hüfte. Ich hielt an, öffnete meine zweite Isostar-Dose, leerte den Inhalt eines weiteren Briefchens hinein und trank aus. Dabei war ich doch neben ihm gestanden, hatte ihm doch bei der Zubereitung der Spezialmischung auf die Finger gesehen! Vielleicht war auch einfach in den Einzelbestandteilen weniger Wirkstoff gewesen als früher. Nein, alles traute ich ihm zu, alles! Egal, momentan half mir das gar nichts. Ich warf mich wieder aufs Rad.

Heinz König hatte mich nicht betrogen. Das war nach zirka dreieinhalb Kurven klar. Erstens war das Ziehen schlagartig verschwunden, zweitens wurde ich immer geiler, und drittens spielte ich mit einem Mal in einem Monty-Python-Film mit. Da ich ziemlich übermenschliche Kräfte besaß, trieb ich mein Gefährt mit transgalaktischer Geschwindigkeit voran. Dennoch hatte ich das Gefühl, die Zeit bleibe stehen. Die Häuser, an denen ich vorbeikam, sahen abwechselnd aus wie meine Schule und wie kleine Atomkraftwerke. Permanent begegnete mir Daniela Schwetz in einem winzigen goldenen Bikini. Vor einer von Holunderbüschen eingerahmten Scheune stand da eindeutig auch die Filsinger und knöpfte sich neben einem jungen Mann, der mit einem dunklen Imprägnierungsmittel die Planken strich, ihre pinkfarbene Kunstseidenbluse auf. In den Gärten lagen die Menschen nackt an ihren Swimmingpools. Elvira Kraus wackelte mit einem Hintern aus besseren Zeiten vor mir her. Plötzlich gab es Linksverkehr. Der Fahrer eines Klein-LKWs stieg aus und brüllte mich an. Er hatte einen Schädel wie Homer, der Vater von Bart Simpson. – Mein Vater ist Zahntechniker, sagte ich zu ihm, er macht verschiedene Sachen aus Zahnkeramik, zum Beispiel nackte Frauen. Der Mann schüttelte seinen Homer-Simpson-Schädel, stieg in seinen schäbigen Laster und haute ab. Er hielt mich wahrscheinlich für total übergeschnappt, was ja stimmte, und das mit den nackten Frauen aus Zahnkeramik stimmte auch. Die Sonne war grün.

Istvan Berecz und Heinz König machten am Straßenrand ein Geschäft miteinander. Sie hockten auf je einem Berg von Säcken mit irgendwelchem Zeug drin. Plötzlich gingen sie mit riesengroßen Springmessern aufeinander los. Ich warf mich dazwischen, und schon saßen wir jeder in einem Kajak und jagten eine Schwallserie flußab. Wir waren auf der Enns, ich voran, die beiden hinter mir her. Sie zogen Pistolen und schossen auf mich. Ich benutzte die mächtigen Blöcke im Fluß als Deckung. Die Querschläger sangen in der Luft. Nach einer scharfen Linksbiegung rasten wir auf eine überdimensionale Reuse zu. Mein Vater zog mich heraus. Die anderen wurden gegen die Gitterstäbe gepreßt und ersoffen elendiglich. Ich stand mit meinem Vater auf einer winzigen Aussichtskanzel und sah zu. Beide waren wir triefend naß. Wir lachten, bis wir nicht mehr konnten.

Es hatte vierzig Grad im Schatten. Mein Herz schlug zweihundertmal in der Minute. Dennoch war ich die Ruhe selbst. Zumindest eine Art von Ruhe. Eine Art von Ruhe mit Realitätsverlust und einem Dauerständer. Trotz Radlershorts. In welchem Ort sich die Trafik befand, in die ich schließlich hineinkippte, weiß ich nicht mehr. Ich weiß nur noch, daß drinnen eine junge Frau mit einer beeindrukkend hasenartigen Zahnstellung saß, der das alles fürchterlich peinlich war: das Rad in der Trafik, mein unübersehbarer Steifer und die Tatsache, daß ich in den Sexzeitschriften blätterte und immer wieder lüstern zu ihr hinüberspähte. Ich nahm ein ÖKM als den besten Kompromiß aus Schärfe und Preis. Beim Zahlen züngelte ich die Frau ungeniert an. Sie wurde rot und schob die Unterlippe über ihre Hasenzähne. Ich fuhr auf den nächsten Hügel, setzte mich unter einen Zwetschkenbaum und wichste hemmungslos auf die glatten Leiber, die da in einer Reportage über eine westungarische Badeanstalt in die Kamera vögelten oder allerhand andere Sachen trieben. Das Gefühl von Ernüchterung und Schuld, das mich nach dem Wichsen sonst immer mit Wucht überfiel, blieb aus.

Ich freute mich darüber und über die Buntheit der Welt. Die nächste Erektion zeichnete sich bereits ab.

Ich fuhr kreuz und quer weiter, schaute nicht mehr auf die Straßenkarte, auch nicht auf Wegweiser oder Ortsschilder. An Kreuzungen ließ ich jene Personen entscheiden, die mich gerade umschwebten. In einem winzigen Lebensmittelgeschäft kaufte ich zwei Flaschen Gösser Ice. Die erste trank ich pur, die zweite besserte ich mit einem Briefchen Medizin auf. Die Müdigkeit traf mich wenig später wie ein Keulenschlag.

Als ich erwachte, begann es dämmrig zu werden. Das war das erste, das ich wahrnahm. Ansonsten registrierte ich einige Dinge gleichzeitig: Erstens lag ich in feinem Sand unter einem Vorhang von Trauerweidenzweigen dicht an einem ruhigen Gewässer. Es mußte ein See sein oder der Altarm eines Flusses. Zweitens waren meine Sachen noch komplett vorhanden, sowohl das Rad als auch der Rucksack, beides direkt neben mir. Drittens kam mir vor Schmerz der Magen hoch, als ich mich ein wenig bewegte. Die Arme, die Schultern und der Nacken brannten wie Feuer, und meine untere Hälfte fühlte sich an, als habe mir jemand einen schenkeldicken Holzpfahl in den After gerammt. Viertens befand sich da draußen an der Uferböschung offensichtlich noch eine zweite Person.

Als mich die Erleuchtung traf und ich endlich meine Killer-Loop-Sonnenbrille abnahm, wurde es ein Stück weniger dämmrig. Ich sah den Mann jetzt deutlich.

Er mußte riesengroß sein, sicher gut einsneunzig, war dabei massig wie ein Berg. Sein Schädel war mächtig und rund, das Haar stand ihm in einem dünnen Halbkranz vom Hinterkopf, seine Augen waren klein und die Nase im

Verhältnis zu seinen sonstigen Ausmaßen geradezu zart. Insgesamt sah er aus wie der dicke Bruder von Bruce Willis. Der Mann hielt vor seinem Gesicht in der linken Hand ein zerknittertes Blatt Papier, in der rechten etwas, das aussah wie ein winziges Stück Karton, das ich aber nicht wirklich erkennen konnte. Er stand eine Weile ganz ruhig da, dann ging ein Beben durch seinen Körper, und er kniete sich hin. Ich sah, daß vor ihm auf dem Boden eine kleine Schatulle aus dunklem Holz stand. Ein tiefes Schnauben drang aus ihm, und sein Oberkörper wankte einige Male vor und zurück. Er begann zu weinen. Er faltete schließlich das Blatt Papier und legte es samt dem anderen Ding in die Schatulle. Während ihm die Tränen über die Wangen rannen, murmelte er unverständliches Zeug. Ich stützte mich auf die Unterarme. Meine Schultern fühlten sich an, als sei mir eben die Haut abgeraspelt worden. Der Mann nahm die Holzschatulle und schob sie direkt in die Uferböschung hinein. Es mußte ein Versteck dort sein, ein Loch oder sowas. Er schaufelte mit seinen Händen Sand auf die Stelle. Ich versuchte mich auf die Knie zu erheben, um genauer sehen zu können. Eine Granate explodierte in meiner Arschfalte, als ich mich aufrichtete. Mir wurde schwarz vor den Augen, und ich schätze, ich schrie auch auf, während ich nach vorne durch den Trauerweidenvorhang kippte.

Der Mann stand über mich gebeugt da und sah mich besorgt an. Er machte erst einige komische Bewegungen mit seinen Armen, so als wolle er nach mir greifen, und wischte dann in seinem Gesicht herum. Er bewegte rasch die Lippen wie in einem ständigen Selbstgespräch. Ich musterte ihn von oben bis unten. Der Mann trug unterhalb eines weißen Stehkragens eine knöchellange schwarze

Soutane mit vielen schwarzen Zwirnknöpfen. Es war nicht Fasching. Ich war einem Priester vor die Füße gefallen.

Ich versuchte erneut, auf die Beine zu kommen. Kaum befand sich mein Rumpf halbwegs in der Lotrechten, fiel ich wieder hin. – Du Glückspilz, hätte Philipp mit dem Feuermal vermutlich gesagt, du Glückspilz, ich werde nie einem Priester vor die Füße fallen, obwohl es mein Lebenswunschtraum ist, wie jeder weiß. Und Heinz hätte etwas gesagt wie: Leck ihm die Zehen, das haben diese Pfaffen gern! Ich blickte hinauf zu diesem wunderbaren einzigen Kopf, der da in meinem Elend vorhanden war. – Ich glaube, mir geht es nicht gut, sagte ich und probierte sowas wie ein Lächeln. Der Mann machte einige Schritte weg von mir. Er glättete mit der Fußspitze sorgfältig jene Stelle, an der er die Schatulle vergraben hatte. Danach kam er langsam zurück. – Wie heißt du, mein Sohn? fragte er mit einer ganz hellen, leisen Stimme. – Jakob, sagte ich, Jakob Schmalfuß. Ich glaube, es geht mir nicht gut. – Ja, ich sehe es, sagte er, noch leiser, ja, ich sehe es, es geht dir wirklich nicht gut. Er beugte sich herunter, faßte mich um die Mitte, hob mich hoch und lud mich mit einer unglaublichen Leichtigkeit auf seine linke Schulter. – Zweiundsechzig Kilo, sagte ich, wobei mein Oberkörper an seinem Rücken nach unten hing. – Hundertzwanzig, gab er zur Antwort und wandte sich zum Gehen. – Das Rad, sagte ich, mein Fahrrad.

Was für ein Fahrrad?

Mein Fahrrad liegt da unter dem Baum.

Der Mann bückte sich, teilte die Weidenzweige und hob mein Scott Yucatan und meinen Rucksack auf. Während er rechts das Rad schob, hatte er mit dem linken Arm meine Knie umfaßt. Früher hatte mich mein Vater manchmal auf diese Weise getragen. Rasch die Treppe runter war es besonders lustig gewesen. Wir hatten das Spiel »Kartoffelsack« genannt. Einmal biß ich mich dabei in die Zunge. Das Blut tropfte mir zwischen den Zähnen hervor aus dem Mund und direkt auf Vaters Hemd.

Ein Mountainbike, fragte der Mann, das ist ein Mountainbike, oder? Er schien ziemlich ahnungslos zu sein. - Ja, gab ich zur Antwort, das ist ein Mountainbike, ein relativ gutes sogar. Bis auf den Sattel. - Der ist kaputt, sagte er. - Kaputt und gestohlen, sagte ich. Es war mir scheißegal, daß der Dicke Priester war. Im Gegenteil, er konnte mich eigentlich gleich lossprechen von dieser Sünde, das war schließlich sein Job, und gebüßt hatte ich im Grunde auch schon. - Das Rad ist gestohlen, fragte er, oder nur der Sattel?

Nur der Sattel.

Das war wohl ziemlich dumm, oder?

Ekelhaft war er also auch. Ich sagte nichts drauf. Wir gingen einen grasbewachsenen Fahrweg entlang, weg vom Wasser. Auf beiden Seiten wuchs dichtes Erlen- und Weidengehölz. Ab und zu knackte es. Ratten vielleicht. Biber gab es hier wohl kaum. Noch weniger Fischotter. Es roch modrig und ein wenig scharf, trocken und feucht zugleich.

Und was macht das Ruder auf dem Rad?

Ekelhaft war er und wirklich absolut ahnungslos. Ich stellte mir vor, wie es wäre, wenn mein Blut auf die Soutane tropfte. Sie roch übrigens ein wenig nach Schweiß und Mottenkugeln.

Ein Paddel, sagte ich, das ist ein Paddel und kein Ruder!

Also gut, was macht das Paddel auf dem Rad?

Es hat meinem Vater gehört.

Hat er es dir geborgt?

Er hat es mir geschenkt, oder so ähnlich.

Der Mann blieb bei einem älteren dunkelblauen Ford Sierra Kombi stehen. Er lehnte mein Rad ans Auto, zog den Schlüssel aus der Tasche und sperrte auf. - Wie soll ich Sie eigentlich nennen? fragte ich ihn. Er hielt kurz inne. - Kaplan Tauscher, sagte er schließlich, Kaplan Reinhold Tauscher. Dann setzte er mich auf den Beifahrersitz. Er legte die Rückbank um und deponierte mein Rad auf der Ladefläche.

Wir fuhren auf einer schmalen Asphaltstraße durch ein weiteres Stück Augebiet, vorbei an einem Badeteich mit eigenartig grünem Wasser und einem Kiosk, der irgendwie westernmäßig aussehen sollte, durch eine lange, schnurgerade Siedlungsstraße mit links und rechts schmiedeeisernen Zäunen und Terrassenbrüstungen aus Kunstmarmor. - Weiß dein Vater eigentlich, daß du hier bist? fragte der Mann. - Nein, sagte ich, weiß er nicht.

Wo ist dein Vater jetzt?

Im Himmel! hätte ich auf diese Frage natürlich sagen können, oder: Bei den Fischen! Aber ich sagte nichts davon, sondern nur: Ich weiß nicht, und es muß wohl ein wenig traurig geklungen haben, nach Scheidung oder so, denn er fragte nicht nach.

Wir bogen einmal nach rechts ab und fuhren dann eine Straße entlang, die offensichtlich die Hauptstraße des Ortes war. Eine rosa eingefärbelte Kirche gab es da, einen heruntergekommenen Friseurladen, einige mächtige Linden auf der linken Seite, den Leuchtröhrenschriftzug einer Diskothek. Neben einem Obst- und Gemüsegeschäft fuhren wir durch einen engen Torbogen in einen gepflasterten Hof hinein. - Wir sind da, sagte der Mann. Ich wagte es vorerst nicht, mich zu rühren. Der Mann hob mein Rad aus dem Auto und lehnte es hinter einer jungen Robinie, die da mit einer Holzbank drumherum im Hof stand, an die Wand. Ich nestelte den Bügelschloßschlüssel aus meiner Hosentasche und deutete auf das Rad. - Absperren bitte, sagte ich, und das Paddel hätte ich auch gern. - Hier wird nichts gestohlen, sagte der Mann. Er sperrte trotzdem ab. Ich glaubte ihm sowieso kein Wort.

Der Kaplan trug mich samt dem Paddel eine kurze Treppe empor in einen mittelgroßen hellen Raum, setzte mich in einen breiten, gepolsterten Sessel mit Armstützen und schob mich an den quadratischen Speisetisch, der in dem Raum stand. Das Paddel drückte er mir in die Hand. - Nachtmahl kommt gleich, sagte er und verschwand. Wenn er grinste, sah er aus wie ein Schauspieler, dessen Name mir im Moment nicht einfiel. Er hatte in einem Film, den ich unlängst gesehen hatte, einen Kinderschänder gespielt. Heinz Rühmann war der Detektiv gewesen. Der Mörder hatte Schokoladetrüffeln als Lockmittel verwendet.

An der einen Wand hing ein fast mannsgroßes Kreuz aus rötlichem Holz. Unmittelbar darunter stand auf einem niedrigen Beistelltischchen ein Blumentopf mit einer vierfach blühenden Amaryllis. Ansonsten war das Zimmer schmucklos.

Brauchst du das Ding zum Essen? fragte die Frau, die mit einem Tellerstapel hereinkam. Sie wies mit ihrem Kinn auf das Paddel. Ich legte es neben dem Sessel auf den Boden und sagte gar nichts. Die Frau war ziemlich groß und ziemlich dünn, wobei sie allerdings nicht das magersüchtig Dünne von Elvira Kraus hatte, sondern etwas Ausgetrocknetes, wie eine Art Konzentrat von einem Menschen. Sie schien im wesentlichen aus Haut, Knochen, zähen Sehnen und verhärteten Muskeln zu bestehen. Ihre Schneidezähne standen gleichmäßig schräg nach vorn, wie bei einem Pferd. In Windeseile verteilte sie mit ihren Spinnenfingern die vier Suppenteller auf dem Tisch. Aus der Tischlade holte sie Löffel und Servietten und plazierte sie neben die Teller. Im Weggehen drehte sie sich um. – Ich bin die Mutter, sagte sie. Ich faltete langsam die Hände. – Heilige Maria Mutter Gottes, murmelte ich, als ich wieder allein war. Ein winziges rotes Licht leuchtete auf, kurz nur. Alles tat mir weh.

Sie waren zu dritt, als sie zurückkamen: der Kaplan, seine Mutter, und den beiden voran ein vielleicht acht- oder neunjähriges Mädchen, das den Suppentopf trug. – Suppentopf abstellen! sagte die Kaplanmutter. – Suppentopf abstellen! sagte das Mädchen mit hochliegender singender Stimme. Sie stellte den Suppentopf vorsichtig in die Mitte des Tisches. – Kreuzzeichen, beten! sagte die Kaplanmutter. – Kreuzzeichen, beten! sagte das Mädchen. Der Kaplan und die Frau machten ein Kreuzzeichen. Das Mädchen knallte sich dreimal die Faust gegen die Stirn. Sie sprachen ein endlos langes Tischgebet, das mit wartenden Augen zu tun hatte, mit Speise, die allen gegeben wird, mit Segen, Gnade und allem, was man so braucht. Das Mädchen war immer ein Wort hintennach. Am Schluß schlug es sich wieder dreimal gegen die Stirn. Danach sah man einen roten Fleck. – Das ist Judith, sagte die Kaplanmutter, wir haben sie bei uns aufgenommen. Sie ist krank.

Es gab Weißbohnensuppe mit Wurst. Sie schmeckte an sich nicht schlecht, doch ich hatte bereits ein absolut flaues Gefühl im Magen und aß daher sehr wenig. Der Kaplan nahm sich vier- oder fünfmal nach. – Das hast du hervorragend gekocht, Mutter! sagte er jedesmal, wenn sein Teller leer war. Er hatte dabei einen ganz roten Kopf. Das

Mädchen saß mir vis-à-vis. Es schlürfte mit spitzem Mund bedächtig die Suppe vom Löffel. Es hatte kurzgeschnittene schwarze Haare, trug ein gelbes Sommerkleid, war barfuß und schaute niemanden an. Um seine beiden Unterarme waren Mullverbände gewickelt. Mir rieselten die ersten kalten Schauer aus dem Nacken ins Kreuz hinab. Das Mädchen zog, als es fertiggegessen hatte, die Beine an den Körper und umfing die Knie mit den Armen. Es sah ein wenig aus, als würde es schweben. Es blickte knapp an meinem linken Ohr vorbei und machte mit den Lippen schmatzende Geräusche.

Woher hast du das Ruder? fragte die Kaplanmutter eindringlich; es schaut irgendwie ungewöhnlich aus. Der Kaplan hatte seine Augen im Teller und sagte nichts.

Ich überlegte, ob ich die Kaukasus-Geschichte erzählen sollte oder die Griechenland-Geschichte über das Jagdrennen von Sifnos nach Serifos, doch ich merkte zugleich, daß ich immer wirrer im Kopf wurde. - Ich werde es morgen erzählen, sagte ich, ich glaube, ich muß mich hinlegen.

Der Kaplan brachte mich zu Bett. In der Nacht begann ich zu fiebern.

5

Agnus Dei,
qui tollis peccata mundi,
miserere nobis.

Ich flog um den Mond. Eine Schleife noch, dann würde ich endgültig die Umlaufbahn verlassen müssen und ins All verschwinden. Ein Neutronenstern würde mich an sich ziehen. Vielleicht würde Petric dort auf mich warten. Er würde lachen und sagen: Haben wir doch die schwarzen Löcher überlistet! Der Mond war im Abnehmen und verströmte sowas wie einen halbherzigen Optimismus. Vorne, im Licht, hatte er hundertzwanzig Grad plus, hinten, im Schatten, hundertzwanzig Grad minus. Ich flog plötzlich doch nicht ins ewige Nichts hinaus, sondern eine Schleife nach der anderen. Heiß, kalt, heiß, kalt, heiß, kalt. Dauerlooping. Looping Dooping. Loop Doop. Heißheißkaltkalt. Tatadoopdoop. Hundertzwanzig Grad heißkalt. Hundertzwanzig Herzschläge pro Minute. Hundertzwanzig Schläge Dauerdoop.

Es war dämmrig im Zimmer. Der Kaplan wischte mir mit einem kalten Waschlappen das Gesicht ab. Dann flößte er mir zwei weiße Tabletten und einige Schlucke von einem unerträglich bitteren Gesöff ein. Seine Mutter stand schräg hinter ihm. – Brauchst du sonst momentan irgendwas? fragte sie in meine Richtung, wir müssen in die Messe. Der Neutronenstern wartete nur darauf, daß ich allein war! Wie Petric lachte! Ich krallte mich am Soutanenärmel des Kaplans fest. Er versuchte mich mit ungelenken Bewegungen abzuschütteln. – Petric! stieß ich hervor, Tauscher! Mutter! Vater! Judith! Die beiden blickten einander kurz an. Die Kaplanmutter schüttelte den Kopf. – Judith? Nein, das geht nicht! sagte sie, Judith wird benötigt! Der Kaplan wischte mir noch einmal über die Stirn. – Es wird nicht allzu lange dauern, sagte er begütigend, ich werde es heute kurz machen. – Du wirst es machen wie immer, sagte seine Mutter. Sie bleckte dabei die Zähne. Die Soutane des Kaplans hatte vorne einen Bohnensuppenfleck. Die beiden gingen. Über mir schlug eine heiße Welle zusammen. Eine zweite. Dann Schüttelfrost. Dann heiß. Dann Schüttelfrost. Auf Neutronensternen war man so flach wie ein Löschblatt. Wegen der Schwerkraft. Trifft ein Löschblatt ein anderes, fragt es: Willst du mit mir paddeln gehen? Als ich versuchte, mich in die Daunendecke zu hüllen, die sie mir gegeben hatten, rieb ich versehentlich an meiner rechten Schulter. Es war, als würde man mir Zitronensaft auf eine frische Wunde gießen. Alles begann sich zu drehen. Ich tauchte ab.

Das Zentrum meiner Existenz während der folgenden beiden Tage war die Harnflasche. Ich im Bett, sie getreulich rechts neben mir. Sie war eines dieser zerkratzten Plastikdinger mit Milliliter-Einteilung, die nur waagrecht stabil stehen, die man aber irrtümlich immer senkrecht hinstellt. Dann fallen sie um, dreiviertel voll, man hat die Bescherung, und irgend jemand regt sich ganz fürchterlich auf. Ich kannte sie von meiner Blinddarmoperation vor vier Jahren und davon, wie meinem Vater kurze Zeit später dieser rätselhafte Pilzabszeß aus der Lunge entfernt worden war. Sie hatten ihn schließlich aufgeschnitten. Er war volle zwölf Wochen im Spital gewesen, hatte in den Napf gespuckt und in die Flasche uriniert. Er hustete Blut, als er wenige Tage nach der Entlassung zwischen zwei Wolkenbrüchen den Mittellauf der Salza befuhr. Mutter brüllte ihn wieder einmal an. Ob er denn wolle, daß sie mit uns beiden Kindern allein zurückbleibe, und so weiter. Er bekam seinen abwesenden Blick und sagte gar nichts.

Ich haßte das Gefühl, unter der Bettdecke den Pimmel in den Hals dieser Flasche zu hängen. Ich haßte den Uringeruch. Und ich haßte die Vorstellung, daß die Kaplanmutter, während ich schlief, kam und die Harnflasche ausleerte. Andererseits war ich jedesmal stolz, wenn ich die Fünfhundert-Milliliter-Marke geschafft hatte.

Mit meinen Augen fuhr ich stundenlang im Kreis um die Stuckrosette in der Mitte der Zimmerdecke. Sie trug in ihrem Zentrum die Buchstaben IHS. Das hatte mit den INRI-Täfelchen oben auf den Kruzifixen nichts zu tun, soviel wußte ich, mehr aber auch schon nicht. IHS – Ich hasse Sonnenbrand. IHS – Ich hasse Superturboergogelsättel. Sie gaben mir Kräutertee zu trinken. Literweise. In einer enormen bauchigen Steingutkanne, flaschengrün mit weißem Ringelmuster, brachten sie ihn mir morgens, mittags, abends, Kamille, Salbei, Lindenblüte, Käsepappel, fürchterlich. Ich trank und füllte die Harnflasche. Morgens, mittags, abends kamen sie, brachten Essen, Tee, Tabletten und cremten mich ein. Sie nahmen die Gazebinden und Mulltupfer von meinen Oberarmen und Schultern, von meinem Nacken und meinem Arsch. Die Oberarme waren glücklicherweise das einzige, das ich sehen konnte: ein Feld von gelblichen Blasen, davonhängenden Fetzen und jeder Menge roter Unterhaut. Die Kaplanmutter quetschte aus diversen Tuben Salben auf frische Mulltupfer, verstrich sie mit einem

Holzspatel und legte sie mir auf. Ein elektrischer Schlag nach dem anderen. Der Kaplan wickelte die Tupfer mit Gazebinden fest. IHS - Ich hasse Scheißpriester. IHS - Ich hasse Scheißkaplanmütter.

Die Matratze war zwar hart, doch für den Hintern hatten sie mir einen extraweichen Daunenpolster gegeben. Schon nach einem Halbtag war der erste Überzug von durchsickerndem Wundsekret total versaut. Die Kaplanmutter zog ihn ab, ohne ein Wort zu sagen. Das fand ich trotz meines Dusels bemerkenswert. Vater hatte seinerzeit eine Saugdrainage am Brustkorb hängen gehabt. Der Saft in dem Marmeladeglas mit den Schläuchen dran hatte ähnlich ausgesehen wie meine Wundsekretflecken, bernsteinfarben mit roten Schlieren. IHS - In Heiterkeit sterben. IHS - In die Harnflasche schiffen.

Nach dem morgendlichen Verbandswechsel hatten sie es eilig. - In die Messe, hieß es, wir müssen in die Messe. Ich hatte keine Uhr im Zimmer. Dem Licht nach mußte es noch ziemlich früh sein. Ich döste dahin und horchte auf die Vögel. Vielleicht eine Stunde später kamen die Kaplanmutter und das Mädchen zurück und brachten mir das Frühstück.

Bettischchen aufklappen, sagte die Kaplanmutter. - Kakao drauf, sagte das Mädchen und klappte das weiße Kunststoffbettischchen auf.

Vorsichtig hinstellen, sagte die Kaplanmutter. - Kakao drauf, sagte das Mädchen und stellte mir das Bettischchen vor den Bauch.

Kakao drauf. Teller. Messer. Serviette, sagte die Kaplanmutter. - Kakao drauf, sagte das Mädchen und strahlte. Seine Fingernägel waren total abgenagt und die Mullverbände an seinen Unterarmen offensichtlich neu gemacht.

Semmel drauf. Butter drauf.

Kakao drauf.

Käse und Marmelade drauf.

Kakao drauf.

Das Mädchen versuchte mir die große Tasse mit Kakao wegzuschnappen. Die Kaplanmutter klopfte ihm auf die Finger. - Nein, Judith, nein! schimpfte sie. - Nein, Judith, nein! sagte das Mädchen.

Das gehört nicht dir!

Nein, Judith, nein! Kreuzzeichen, beten! sagte das Mädchen und knallte sich dreimal die Faust gegen die Stirn.

Die Semmeln kamen frisch aus der Backstube. Sowas gab es bei mir zu Hause nie. Keiner von uns stand freiwillig früher auf und ging zum Bäcker. Ich auch nicht.

Wo ist der Kaplan? fragte ich. - In der Gemeindemesse, sagte die Kaplanmutter. - Suppentopf abstellen, Kreuzzeichen, beten! sagte das Mädchen. Faust. Faust Faust.

Sie kann nicht zwischen sich und anderen Menschen unterscheiden, sagte die Kaplanmutter. - Kreuzzeichen, beten, Kakao drauf! sagte das Mädchen. Faust.

Die beiden waren also nicht in der Gemeindemesse. Auch gut. Der Kakao schmeckte ein wenig zu süß. Das Buttermesser war groß und schwer. Bevor ich die zweite Semmelhälfte bestreichen konnte, rollte eine Welle von Müdigkeit über mich hinweg. Die Stuckrosette an der Dekke begann sich langsam zu drehen.

Zu Mittag gaben sie mir klare Rindsuppe, einmal mit Backerbsen als Einlage, einmal mit Eierstich, danach einmal Kartoffelpüree, einmal Erbsenreis. - Dein Magen ist sicher auch angegriffen, sagte die Kaplanmutter. Das Mädchen ging hastig das Bett entlang, hin und zurück, klopfte mit den Fingerrücken der linken Hand rhythmisch gegen die Bettumrahmung und machte mit dem Mund leise schmatzende Geräusche. Dabei starrte es in irgendeine Ferne und hatte zugleich eine ungeduldige Spannung im Gesicht. - Willst du auch was? fragte ich. Mein Magen fühlte sich tatsächlich ziemlich angegriffen an, und zweitens war Kartoffelpüree schon immer etwas gewesen, das ich gerne geteilt hatte. Das Mädchen ging noch rascher, klopfte, schmatzte. - Judith ißt mit uns! sagte die Kaplanmutter streng, Judith braucht keine Schonkost! Das Mädchen streckte den Kopf nach vorn und runzelte die Brauen. Das Klopfen wurde zum Trommelfeuer. - Judith ißt mit uns! sagte die Kaplanmutter, Judith ißt mit uns am Tisch! - Kreuzzeichen, beten, Kreuzzeichen, beten, Kreuzzeichen, beten! sagte das Mädchen und drosch sich mit der rechten Hand gegen die Stirn. Mit der linken klopfte es weiter. Die Kaplanmutter packte das Mädchen am linken Unterarm und versuchte es aus dem Zimmer zu zerren. - Nein, Judith, nein! sagte sie unablässig, nein, Judith, nein, du ißt mit uns am Tisch! - Suppentopf abstellen, Kreuzzeichen, beten! Suppentopf abstellen, Kreuzzeichen, beten! rief das Mädchen und knallte sich die Faust gegen die Stirn. Als die Kaplanmutter es schließlich geschafft hatte und beide durch die Tür verschwanden, schaute sie über die Schulter böse zu mir zurück.

Am Abend des ersten Tages hörte ich erstmals dieses Schreien, gedämpft, wie durch mehrere Türen hindurch. Es konnte auch von draußen kommen. Ein Gespenst flog durch meinen Kopf. Dann wurde ich wieder auf meine Umlaufbahn gesetzt. IHS - Ich heiße Schmalfuß.

Ich wurde durch Musik geweckt. Jede Menge Orchester. Jede Menge Durcheinandergesinge in einer fremden Sprache. Ich versuchte mich halbwegs zurechtzubeuteln: Ich hatte vor kurzem Erbsenreis gegessen. Judith hatte ziemlich schlimm ihre Stirn bearbeitet. Die Kaplanmutter hatte mich vorwurfsvoll angesehen. Ich lag im Bett. Es war der zweite Nachmittag.

Der Kaplan saß in einem Sessel mit Armlehnen an der Wand. Er hatte die Augen gegen die Decke gerichtet, irgendwie andächtig. Neben ihm auf dem Boden stand ein plumpes Radio-CD-Kassetten-Portable. Ich setzte mich auf. – Welche Musik ist das? fragte ich. Er schaute ein wenig überrascht. – Don Carlos, sagte er schließlich, Don Carlos von Verdi. – Aha, sagte ich. Mir wurde flau in meinem angegriffenen Magen. – Ich dachte, du kennst das, sagte der Kaplan.

Warum sollte ich das kennen?

Du hast vorhin im Schlaf zumindest fünfmal »Posa« gesagt, immer wieder: Posa! Posa!

Posa?

Ja, Posa, wie Marquis Posa.

Manchmal kam der Kater erst am Morgen in mein Bett, rammte mir seinen Schädel gegen das Ohr und brummte wie eine Harley auf Standgas. Dann stemmte er die Vorderpfoten gegen meine Schlüsselbeine, bog die Wirbelsäule durch und ließ sich breit auf mir nieder.

Mein Kater heißt Posa, sagte ich und schluckte. – Ungewöhnlicher Name für einen Kater, sagte der Kaplan. Ich nickte. – Meine Mutter hat ihn so getauft, log ich. Ich brachte kein weiteres Wort hervor. Der Kater lag schwer auf meiner Brust, und die Tränen standen mir an den Unterlidern. Scheiße.

Der Kaplan blickte auf seine Armbanduhr und erhob sich. – Ich muß kurz wegfahren, sagte er, soll ich die Musik abdrehen? - Nein, sagte ich, das ganze ist gar nicht so schlecht. - Welche Musik hörst du normalerweise? fragte mich der Kaplan, während er den Sessel anhob, um ihn hinauszutragen. - Alles mögliche, sagte ich, zum Beispiel »Doop«.

Wie bitte?

»Doop« von Doop.

Noch nie gehört.

Ziemlich klassisch, sagte ich, Klarinette und so. Er schüttelte den Kopf, murmelte etwas Unverständliches und ging. Ich ließ die CD laufen bis zum Schluß. Sie war tatsächlich nicht so übel, gar nicht süßlich, mehr reißerisch, machomäßig. Bei der Nummer zehn quälte ich mich sogar aus dem Bett und stellte auf »repeat song«: Eine mitteltiefe Männerstimme sang etwas mit »Alla Espagna Un Salvatore« oder so ähnlich. Ich stellte mir dazu einen zwei Meter großen Amerikaner in schwarzem Lederdreß vor, der allen Schurken eine über die Birne gibt und sich am Schluß für etwas ungeheuer Edles aufopfert. Am Schluß sang leider fast nur der Sopran.

Judith kam völlig lautlos ins Zimmer. Sie war barfuß wie immer und trug immer noch dieses ärmellose gelbe Baumwollkleid. Sie schlich eng die Wand entlang, bis sie an mein Bett stieß. Sie klopfte sich vor zum Fußteil des Bettes, um es herum und auf der anderen Seite wieder zurück. Es schlugen nur ihre Fingernägel ganz leicht aufs Holz: toktoktoktok, mit einer ungeheuren Präzision. Dabei blickte sie durch alles hindurch, bis nach Hawaii oder Feuerland. Ich näherte meine Hand ihrem Gesicht. Sie zuckte heftig zurück. - Entschuldige, sagte ich, ich dachte, du bist vielleicht blind. Sie schlug sich den rechten Handrücken einige Male gegen die Stirn. - Du spinnst, sagte ich, habe ich recht: Du bist ziemlich gaga?! Ich ärgerte mich über diese ewige Selbstschlagerei. – Wer nicht zwischen sich und den anderen Menschen unterscheiden kann, spinnt, sagte ich, und wer sich selbst ständig schlägt, spinnt auch. – Gaga, sagte sie, gaga, die Judith macht das jetzt nicht, nein, die Judith macht das jetzt nicht!

Ogottogott, sagte ich, du bist ja noch durchgedrehter, als ich gedacht habe.

Gaga, nein, Judith, nein, gaga, nein, Judith, nein!

Bist du schon lange hier?

Nein, Judith, nein, du machst das jetzt nicht!

Ob du schon lange hier bist, will ich wissen!

Ogottogott, cum spiritu tuo, sagte sie.

Wie bitte?!

Ogottogott, Kreuzzeichen, beten, cum spiritu tuo.

Sie stellte sich kerzengerade vor mein Bett, faltete die Hände, blickte nach oben und machte Mundbewegungen, so als würde sie leise vor sich hin sprechen. Sie sah ungeheuer fromm aus. – Du bist schon ziemlich lange hier in diesem Haus, habe ich recht? fragte ich. Sie tat weiter auf heilig.

Haben sie dich adoptiert?

Die Verbände an ihren Unterarmen wirkten wie eine Art Schmuck oder wie die Reste von einem Meßgewand.

Glaubst du, sie werden mich auch adoptieren?

Sie begann sanft mit dem Oberkörper vor und zurück zu schaukeln. Ich versuchte mitzuschaukeln, doch gab es mir auf der Stelle einen mordsmäßigen Stich im Kreuz.

Willst du Musik dazu?

Sie wippte weiter, murmelte lautlos. Ich tat nichts, denn meine Frage war absolut blöd gewesen. Dieser Don Carlos war wirklich nicht die Musik, um sich dabei einzuschaukeln. Ich dachte an meinen Kater. Er mochte Menschen, sie konnten noch so verrückt sein.

Wo ist der Kaplan hingefahren? fragte ich schließlich. Sie stoppte abrupt in ihrem Getue, ließ die Arme sinken und blickte wieder nach Feuerland. Heftig klopfend entfernte sie sich: ums Bett herum, die Wand entlang. Über das CD-Portable hinweg stieg sie mit einem übertrieben großen Schritt. Unmittelbar danach hielt sie kurz inne, schaukelte zweimal vor und zurück. - Kreuzzeichen, beten, sagte sie, Kreuzzeichen, beten, Judith, geh nicht zu nah ans Wasser, geh nicht zu nah ans Wasser, da kannst du ertrinken! Dann verschwand sie aus dem Zimmer.

Als mir die Kaplanmutter am Abend auf einem Suppenlöffel die Medikamente brachte, fragte ich sie, wofür das Zeug denn sei. - Die längliche Tablette wirkt fiebersenkend und entzündungshemmend, sagte sie, und der weiße Sirup ist eine Art Stärkungsmittel.

Eine Art Stärkungsmittel?

Ja, so kann man sagen.

Ich dachte an einen Porzellanmörser, einen Ausstelltisch aus Stahlblech, an Mundidol retard und an die großen hellblauen Tabletten mit dem Kopf von Fred Feuerstein drauf. - Ein Notfallgewürz, murmelte ich halblaut vor mich hin. - Wie bitte? fragte die Kaplanmutter. - Nichts. Nichts Wichtiges, sagte ich und schluckte brav.

Bevor ich wegkippte, hörte ich erneut dieses Schreien, teils gleichförmig über mehrere Sekunden, teils an- und abschwellend, fast melodiös, teils jäh aufgellend. Diesmal war ich sicher, daß es nicht von draußen kam.

Am Morgen des dritten Tages fühlte ich mich erstmals dem Überleben näher als dem Tod. Das Fieber war weg, ebenso die Schmerzen, und in der Nacht hatten mich keine nennenswerten Alpträume gequält. – Die Haut beginnt sich zu erholen, sagte der Kaplan beim Verbandwechsel. Er schaffte tatsächlich sowas wie ein ermutigendes Lächeln.

Willst du mit in die Messe gehen? fragte die Kaplanmutter, nachdem ich wieder so halbwegs zugewickelt war. Ich wußte zuerst nicht recht, was ich sagen sollte, denn ich gehe im Jahr genau zweimal in die Kirche, zu Weihnachten und zu Ostern, und das auch nur, weil meine Mutter es so haben will. Früher, als Vater noch bei uns war, gingen wir öfter. Nicht weil er so religiös war, sondern weil er diese abgedroschenen Kirchenlieder gerne mitsang: »Heilig heilig heilig« und »O Herr, ich bin nicht würdig« und wie sie alle heißen. »Gebiß auslüften« nannte er es. Ich glaube, er traf nicht jeden Ton, aber das war egal.

Na gut, sagte ich, Gebiß auslüften. Der Kaplan sah mich verständnislos an. – Eine Erinnerung, sagte ich, hat nichts mit der Gegenwart zu tun. – Eine Erinnerung, wiederholte die Kaplanmutter, Gebiß auslüften!? Sie schüttelte den Kopf. Ich vermied es, auf ihren Mund zu blicken. – Wo ist mein Gewand? fragte ich. Die Kaplanmutter öffnete die schmale, weißlackierte Tür eines Fächerschrankes, der neben dem Betthaupt in die Wand eingelassen war. Der Rucksack war zum Teil ausgeräumt, die Kleider lagen in zwei niedrigen Stapeln da. Die Sachen, die ich zuletzt getragen hatte, waren gewaschen und gebügelt. Auch die Unterhose. Ich schlüpfte aus dem knielangen weißen Baumwollnachthemd, das sie mir gegeben hatten und zog das moosgrüne NAF-NAF-T-Shirt und die schwarze 615er Levis an. Zuletzt die dunkelblauen Leinen-Sportschuhe. Stanken immer noch reifenfabriksmäßig.

Wir gingen zwei Treppen hinunter und mehrere Gänge kreuz und quer. Der Raum hatte die Größe eines durchschnittlichen Zimmers, war eher langgestreckt und durch das Licht, das durch eine Reihe von Oberlichtfenstern hereinfiel, halbwegs freundlich. Auf dem Altartisch brannten sechs lange schlanke Kerzen. Seitlich davon stand Judith, in einer Ministrantenkutte, hatte die Hände vor der Brust gefaltet und schaukelte leicht vor und zurück. In der zweiten Reihe saß ein älteres Ehepaar, beide ganz in Schwarz, einige Reihen dahinter eine dicke Frau in einem arg verdrückten dunkelroten Kostüm. Ihr Gesicht war total verheult. – Für die außerhalb der Gnade Stehenden, flüsterte mir die Kaplanmutter zu, als wir uns setzten, die Messe ist für all jene, die außerhalb der Gnade stehen. – Für mich, dachte ich – von zu Hause weggelaufen, verbotenes Zeug gekauft, einen Fahrradsattel gestohlen, gewichst wie ein Irrer: kein Zweifel, die Messe war für mich! – Zum Beispiel für die Kinder, die ungetauft sterben, flüsterte die Kaplanmutter. – Oder für gewisse Grenzfälle, dachte ich, wie zum Beispiel einen schwarzen Kater, der eindeutig eine gute Seele hat. Ich tat so, als hätte ich alles verstanden. In Wahrheit sehnte ich mich für einen Moment dringend ins Bett zurück.

Der Kaplan hatte ein violettes Meßgewand umgelegt, kehrte uns den Rücken zu und sprach das meiste auf lateinisch. Judith läutete mit einer Handglocke, sooft ihr der Kaplan ein Zeichen gab. Ab und zu sagte sie laut: Cum spiritu tuo!, auch wenn es nicht paßte. Zwischendurch las der Kaplan einen Psalm aus der Bibel vor, der begann mit: Mein Gott, mein Gott, warum hast du mich verlassen?, und danach war die Rede von der Rache des Löwen, von Hunden und von den Hörnern der Büffel. Zum Evangelium las der Kaplan die Geschichte, wie Jesus einen Feigenbaum verflucht, weil er keine Frucht an ihm findet, und der Baum dann verdorrt. Judith läutete mittendrin einmal, aber das war ein Irrtum. Gesungen wurde »Laß mich deine Leiden singen«, sonst nichts, davon jedoch mindestens zehn Strophen, und das gab eine ganz schöne Menge an Pfahl und Todesangst und Blut, das zur Erde rinnt. Die dicke Frau in dem dunkelroten Kostüm weinte von Strophe zu Strophe mehr. Obwohl ich mich dafür genierte, mußte ich immer wieder zu ihr hinschauen.

Während der Kaplan nach der Kommunion mit einem Tuch an seinem Kelch herumwischte, beugte sich die Kaplanmutter noch einmal zu mir herüber. – Sie kriegen kein Requiem, sagte sie, diejenigen, die außerhalb der Gnade stehen, kriegen kein Requiem! – Genau wie die Untoten, dachte ich. Ein winziges rotes Flackern. Permanent roch ich den Gummi meiner Sportschuhe.

Ganz am Schluß, nachdem der Kaplan die Arme ausgebreitet und seinen Abschiedsvers gesprochen hatte, Ite missa est oder so, klopfte Judith mit dem rechten Handrücken an den Altartisch und sagte: Cum spiritu tuo, Kreuzzeichen, wo ist denn der Kakao? Das fand ich ziemlich lustig. Die anderen nicht, glaube ich. Die dicke Frau kam auf die Kaplanmutter zu, drückte ihr beide Hände und bedankte sich überschwenglich, ich weiß nicht, wofür. Ihre Augen waren komplett zugeschwollen.

Beim Frühstück fragte mich die Kaplanmutter, ob es meinen Eltern seit jeher recht gewesen sei, daß ich so allein mit dem Rad herumstreune. – Immer schon, sagte ich, das war ihnen immer schon recht. – Glaubst du nicht, daß sich deine Mutter Sorgen macht? fragte sie.

Nein, glaub ich nicht.

Oder dein Vater?

Der macht sich sicher keine Sorgen.

Letzteres war wenigstens nicht gelogen. Ich aß vier Brote, zwei mit Streichkäse, zwei mit Marmelade. Danach war mir schlecht. Ich ließ es mir jedoch nicht anmerken.

Judith saß auf ihrem Platz und zerpflückte eine Papierserviette in feine Streifen. - Da hast du die Bescherung, das wischst du aber selber auf! sagte sie plötzlich laut und kippte mit dem Handrücken ihre Kakaotasse um. - Sie hat keinen Begriff von Ursache und Wirkung, sagte die Kaplanmutter. Sie holte aus der Küche zwei Haushaltstücher, warf sie vor Judith auf den Tisch und herrschte sie an: Da hast du die Bescherung, das wischst du aber selber auf! Das Mädchen knallte sich einmal kurz die Faust gegen die Stirn und tunkte danach in dem Kakaosee herum. - Das erwartet sie, sagte die Kaplanmutter, alles andere würde sie durcheinander bringen. - Mir ist schlecht, sagte ich, alles dreht sich. - Vielleicht hast du dich doch übernommen, sagte die Kaplanmutter. Ich klammerte mich an die Tischkante.

Der Kaplan stellte mir einen altmodischen, gelb-weiß gestreiften Liegestuhl in den Hof. Wenn man ein bißchen mit der Sonne mitwanderte, konnte man ohne Unterbrechung im Schatten sitzen. An der jungen Robinie lehnte immer noch mein Scott Yucatan. Aquamarinfarbene Metalliclackierung, dunkelblaue Aufschrift, hellgrauerAT-2-Multipositionslenker. Das war beruhigend.

Den Vormittag verschlief ich komplett. Ich träumte von einer Frau in einem roten Kostüm, die versuchte, einen Wurf junger Katzen zu ertränken. Die Frau war allerdings nicht so dick wie jene in der Messe. Der Sack mit den Katzen trieb am Schluß einen Wildbach hinunter. Die Frau war zufrieden. Zwischen zwei Kerzen knieend sprach sie ein Gebet für diejenigen, die außerhalb der Gnade stehen. Sie hatte goldene Schneidezähne. Ziemlich abartig.

Zu Mittag aß ich zwei Teller Selleriecremesuppe, sonst nichts. Das Gefühl nach dem Frühstück war mir noch bestens in Erinnerung. – Wo sind eigentlich Judiths Eltern? fragte ich. – In Spanien, sagte die Kaplanmutter. Es klang so, als hätte ich auf die Frage, wo denn mein Vater sei, gesagt: in Kasachstan, oder: auf dem Snake River. Hintennach trank ich mehrere Gläser kalten Pfefferminztee. Das klingt viel furchtbarer als es schmeckt. Der Kaplan stopfte ich weiß nicht wie viele Stücke gebackenen Leberkäse in sich hinein.

Nach dem Essen versuchte ich mit Judith Ball zu spielen. Sie fing jedoch nicht, von Zurückwerfen gar nicht zu reden. Sie umkreiste mich, trug diesen kleinen roten Plastikball mit den grünen Kleeblättern spazieren, ließ ihn dort und da fallen und war offenbar wieder einmal in einer Rille hängengeblieben: Nein, Judith, nein, wir essen nicht aus dem Suppentopf! Nein, Judith, nein, den Schöpflöffel läßt du jetzt in Ruhe! Aus dem Suppentopf wird nicht gegessen! Nein, Judith, nein! Es war wie eine komische Art von Rave. Ich legte mich in meinen Liegestuhl und gab mir diesen Rhythmus.

Aus meinem Dösen wurde ich dadurch aufgeschreckt, daß der Kaplan rasch über den Hof ging. Judith gab ihr Kreisen auf und folgte ihm zum Auto. Während er aufsperrte, trommelte sie mit den Fingerrücken ein Staccato gegen das hintere Seitenfenster und rief: Judith, geh nicht zu nah ans Wasser! Nein, Judith, geh nicht zu nah ans Wasser, da kannst du ertrinken! Er setzte sich auf den Fahrersitz, und sie versuchte auf der Stelle, sich ebenfalls ins Auto zu drängen. - Nein, Judith, nein, sagte er und zog mit Kraft die Tür zu, du kannst heute nicht mitfahren! - Nein, Judith, nein, schrie sie erneut, geh nicht zu nah ans Wasser, da kannst du ertrinken! Da kannst du ertrinken! Der Kaplan drückte innen den Türknopf nach unten und fuhr los. Das Mädchen machte einen Satz nach hinten, preßte seinen Rücken gegen die Mauer der Hofeinfahrt und bearbeitete mit beiden Fäusten die eigene Stirn.

Ich mühte mich aus dem Liegestuhl hoch, ging auf das Mädchen zu und blieb in einer Entfernung von vielleicht zwei Metern stehen. Man konnte ja nicht wissen. - Er fährt ans Wasser, sagte ich, er fährt die Hauptstraße entlang, an der Kirche vorbei, biegt links ab und fährt ans Wasser. - Nein, Judith, nein! rief das Mädchen, da kannst du ertrinken! - Er parkt das Auto, sagte ich, er steigt aus und geht das Wasser entlang.

Nein, Judith, nein, geh nicht zu nah ans Wasser!

Er geht am Wasser entlang bis zu einem großen Baum. Dort gräbt er im Sand und holt ein kleines Kästchen heraus.

Judith hörte auf, sich gegen den Kopf zu dreschen. Sie drehte die Hände mit gespreizten Fingern nervös vor ihrem Gesicht. - Er öffnet das Kästchen, fuhr ich fort, und holt einen Zettel heraus. Judith faltete die Hände vor ihrem Kinn. - Er liest, was auf dem Zettel steht, sagte ich, und fängt an zu weinen. Judith blickte zum Himmel hinauf. - Kreuzzeichen, beten, sagte sie andächtig, Kreuzzeichen, beten, geh nicht zu nahe ans Wasser, da kannst du ertrinken!

Er liest es noch einmal. Dann legt er den Zettel in das Kästchen zurück und klappt es zu. Er weint immer noch.

Kreuzzeichen, beten. Geh nicht zu nahe ans Wasser! Ja, wo ist denn mein Mädchen? Kreuzzeichen, beten!

Er vergräbt das Kästchen im Sand. Mit den Füßen macht er den Sand wieder glatt.

Ja, wo ist denn mein Mädchen? sagte Judith, wo ist sie denn? Kreuzzeichen, beten, da kannst du ertrinken! Sie hatte immer noch die Hände gefaltet und sah irgendwie selig aus, so jedenfalls, daß ich beinah eine Gänsehaut bekam.

Am Abend spuckte ich die Medikamente unter den Kopfpolster, kaum daß die Kaplanmutter aus dem Zimmer verschwunden war. Ich hatte nicht die Spur von einem Schuldgefühl.

Als die Schreie begannen, war ich noch hellwach. Ich führte es darauf zurück, daß ich tatsächlich dabei war, gesund zu werden. Außerdem hatte ich untertags jede Menge geschlafen. Ich horchte erst eine Weile, dann stand ich auf. Ich legte das Nachthemd ab und zog meine Unterhose und das moosgrüne NAF-NAF-T-Shirt an. Warum ich das tat, weiß ich nicht. Ich trat auf den Gang hinaus und brauchte mich nur nach dem Geheul zu orientieren. Ich landete vor einer schmalen weißen Tür, versuchte durchs Schlüsselloch zu schauen, sah aber nichts. Vorsichtig drückte ich die Klinke nach unten und schob die Tür einen Spalt weit auf.

Judith stand neben ihrem Bett mit dem Rücken zur Wand, schlug rhythmisch den Hinterkopf dagegen und schrie. Während des Schreiens biß sie sich immer wieder heftig in die Unterarme. Daher dieses An- und Abschwellen. Das Blut tropfte ihr von den Ellbogen. Der Kaplan und seine Mutter sprachen begütigend auf sie ein. Die Kaplanmutter hielt einen Suppenlöffel mit weißem Sirup bereit. – Keiner tut dir was, wiederholte der Kaplan ständig, du brauchst keine Angst zu haben! – Nimm deinen Saft, dann geht es dir besser, dann kannst du schlafen! sagte die Kaplanmutter. Sie drückte schließlich ihrem Sohn den Löffel in die Hand, trat auf das schreiende Mädchen zu, packte es um die Mitte, hob es auf und legte es auf das Bett. Der Kaplan versuchte Judith den Löffel in den Mund zu zwingen. Sie spuckte ihm das weiße Zeug entgegen. Er steckte den Löffel in seine Soutanentasche und legte ihr, während seine Mutter sie festhielt, schmale Klettverschlußgurten, die an der Bettumrahmung befestigt waren, um die Handgelenke. Danach kriegte sie einen breiten Bauchgurt verpaßt, so daß sie nur noch die Beine und den Kopf frei bewegen konnte. Ab diesem Moment beruhigte sie sich allmählich. – Ich muß mir die Hände waschen gehen, sagte der Kaplan. Seine Hände waren bei dem Manöver total blutig geworden. – Nimm das Verbandszeug mit, sagte die Kaplanmutter. Erst jetzt sahen mich die beiden in der Tür stehen. Sie erschraken nicht allzusehr. – Ich bin gespannt, wann das einmal anders wird, sagte die Kaplanmutter. Sie wirkte ziemlich erschöpft. Der Kaplan schickte sich kurz an, mich um die Schulter zu nehmen, als er aus dem Zimmer ging. Ich wich ihm aus. – Entschuldige, sagte er und blickte auf seine blutverschmierten Hände, aber ich glaube trotzdem, du solltest jetzt schlafen gehen.

Judith lag reglos da und hatte die Augen gegen die Dekke gerichtet.

In meinem Zimmer zog ich das T-Shirt und die Unterhose wieder aus und warf sie in den Kasten. Dabei sah ich, daß neben meinem Rucksack der Schlüssel für das Fahrradbügelschloß lag.

Im Bett versuchte ich an die spitze Zunge von Elvira Kraus und an den Busen von Daniela Schwetz zu denken. Es fiel mir statt dessen die Geschichte ein, wie mein Vater auf der Salza absichtlich gekentert war, um mir die Eskimorolle zu demonstrieren. Ich war dabei zu Tode erschrokken. – Mach das nie wieder! hatte ich ihn nachher angebrüllt, mach das ja nie wieder! Er hatte nur gelacht.

IHS – Ich heiße Schmalfuß.

Später in der Nacht kam mein Kater und legte seinen Kopf in meine Halsgrube. Da hatte ich schon einen Plan.

6

Requiem aeternam
dona eis, Domine.
Et lux perpetua luceat eis.

Es handelte sich um eine Art kleinen Rückfall. Er traf mich unmittelbar nach dem Erwachen. Der Rücken brannte wieder höllisch, im Kopf ging es rund, und jedesmal, wenn ich mich aufsetzte, bekam ich Brechreiz. Außerdem hatte ich schlecht geschlafen und war nicht sicher, ob nicht ein Fieberschub im Anzug war. Die Kaplanmutter war besorgt. – Ein ganzer Tag im Freien, ächzte ich, ich glaube, ich habe mich einfach übernommen. Widerwillig stimmte ich zu, nicht mit in die Messe zu gehen. Ich denke, ich war absolut oscarverdächtig.

Ich machte den beiden ein Kreuzzeichen hinterher. – Kreuzzeichen, beten, sagte ich, nein, Jakob, nein, das machst du jetzt nicht! Kreuzzeichen, beten, in nomine Patris et Filii et Spiritus Sancti.

Ich ging zum Wandschrank und kramte in meinem Rucksack. Die beiden Briefchen waren noch da. – Kreuzzeichen, beten, Heinz König, sagte ich, cum spiritu tuo. Ich leerte den Rest des Hagebuttentees vom Vortag aus der Steingutkanne in mein Glas, mixte den Inhalt eines Briefchens hinein und trank aus. Ich schlüpfte in das dunkelgraue Diesel-T-Shirt und in die Radlershorts. Schirmkappe, Handschuhe, Sonnenbrille, Shimano-Schuhe. Ja, auch die

Shimanos. Keiner konnte mich klappern hören, alle waren sie unten und beteten für die Unbegnadeten. Ich stopfte den Rest der Kleider in den Rucksack und steckte den Bügelschloßschlüssel in die winzige Gesäßtasche der Radlershorts. Dann schüttelte ich den Kopfpolster auf, strich die Decke so halbwegs glatt und drapierte das Nachthemd mit ausgebreiteten Ärmeln oben drauf. Schließlich pinkelte ich noch in die Harnflasche und stellte sie waagrecht auf das Nachthemd, so daß sie nicht von selber umfallen konnte. Beim Hinausgehen merkte ich bereits, daß das Zeug diesmal ziemlich einfuhr.

Auf der Kirchenuhr war es zwanzig Minuten nach sechs. Es hatte zumindest fünfundzwanzig Grad. Die Luft war feucht. Vor einem Lebensmittelgeschäft entluden zwei Männer Paletten mit Orangensaft. Sonst war niemand auf der Straße. Die Abzweigung in die schnurgerade Siedlungsstraße erwischte ich auf Anhieb. Die Strecke kam mir insgesamt kürzer vor als beim ersten Mal. Der Kiosk mit dem Rindergehörn über dem Verkaufsfenster hatte noch geschlossen, und neben dem grünen Badeteich lag niemand. Der Großreiflinger Ennsstausee, auf dem ich mein Gattino erstmals ausprobiert hatte, hatte auch extrem grünes Wasser gehabt. Ich hatte mit dem Boot gerauft, und mein Vater hatte ununterbrochen davon phantasiert, wie schön nicht der Fluß an dieser Stelle vor Errichtung der Staumauer gewesen sein mußte. – Gesäuseeingang mal zwei, hatte er gesagt, ich sage dir, Gesäuseeingang plus Gstatterbodenstrecke plus Kummerbrücke bis Hieflau. Ich glaubte ihm alles.

Ein Stück noch Asphalt, dann der Fahrweg. Ich fuhr ganz locker in einem niedrigen Gang, saß entspannt auf diesem überirdischen Sattel. Nichts tat mir weh. Die anderen sangen jetzt die fünfte Strophe von »Laß mich Deine Leiden singen«. Im Unterholz waren einige Vögel unterwegs. Enten vielleicht oder Bläßhühner.

Die mächtige Trauerweide war nicht zu übersehen. Ebensowenig die Wischspuren, die der Kaplan mit seinen Füßen im Sand hinterlassen hatte. Ich sah mich nach einem Grabwerkzeug um. Das Paddel – wo war das Paddel? Auch die grün-gelb gestreiften Elektrikerdrahtschlingen am oberen Rahmenholm und an der Sattelstütze waren verschwunden. Ich hatte es vergessen, ich hatte das Paddel einfach vergessen!! Zuletzt war es unter dem Bett gelegen. »Zuletzt« hieß vor zwei Tagen. Beim Weggehen hatte ich es jedenfalls nicht gesehen. Möglicherweise hatten es der Kaplan und seine Mutter irgendwo verräumt. Rotes Glimmen. Ich wußte nicht, was den beiden alles zuzutrauen war. Ich dachte an Berecz. Was der eine kaufen wollte, nahm sich der andere womöglich umsonst! Mir fiel mein Fixiermesser ein. Ich würde zurückfahren. Ich würde mir mein Eigentum holen!

Ich ließ mich auf die Knie nieder und begann mit den Händen zu graben. Der Sand war trocken und locker. Schon nach kurzer Zeit stieß ich auf ein Betonrohr von vielleicht zwanzig Zentimetern Durchmesser, das da horizontal in der Erde steckte. Ich langte hinein und zog die dunkelbraune Schatulle heraus. Sie besaß einen zarten silbernen Verschlußhaken. Ich drückte ihn auf und klappte den gewölbten Deckel hoch.

Was ich seinerzeit für ein kleines Stück Karton gehalten hatte, war ein altes Schwarzweiß-Foto mit gezacktem Rand. Es zeigte nebeneinander zwei Kinder: einen kurzgeschorenen, dicken Buben im Anzug mit Taufkerze in der Hand und ein blondes, pausbäckiges Mädchen in weißem

Kleid, auf dem Kopf ein Blumenkränzchen, ebenfalls mit Taufkerze. Offensichtlich ein Erstkommunionsbild. Die beiden standen steif da und schauten so angefressen wie alle Erstkommunionkinder, die sich fotografieren lassen müssen. Im Hintergrund war auf einem Geschäftsschild das Wort »Glaserei« zu lesen.

Der Zettel war kariert, gelbfleckig und mit abgeblaßter Tinte in einer runden, sorgfältigen Schülerschrift beidseitig beschrieben:

Meine lieben Eltern!
Ich mache es wegen dem Reinhold. Er sagt, von Zwillingen muß immer einer der Stärkere sein. Die Lehrerin sagt auch immer, nimm dir ein Beispiel an deinem Bruder, und bis heute hat sich an deiner Schlampigkeit nichts gebessert. Außerdem habt ihr ja erzählt, daß ihr ganz überrascht wart, wie ich bei der Geburt auch noch herausgekommen bin. Das geht mir gar nicht aus dem Kopf. Dem Reinhold habe ich schon oft gesagt, daß ich es einmal machen werde. Aber er hat immer nur gesagt, traust dich eh nicht. Wie man es macht, das weiß ich aus der Zeitung. Da steht das öfter drinnen, wie andere Leute es gemacht haben. Manchmal habe ich das ausgeschnitten, wenn die Zeitungen schon im Keller waren.
Der Reinhold soll von meinen Sachen nichts bekommen. Gebt sie von mir aus der Eva oder der Isabella. Oder irgend jemandem, der sie brauchen kann.
Liebe Grüße
Eure Gertraud *21. Juli 1972*

Das war ein ziemlicher Hammer. Jetzt wußte ich, warum er damals geheult hatte. Ich rechnete: Das ganze lag fast auf den Tag genau dreiundzwanzig Jahre zurück.

Ich ging vor zum Wasser. Es war ein kleiner Teich, mehr ein Tümpel. Im Kajak hätte man maximal drei Schläge in eine Richtung machen können. Das Wasser war dunkel und absolut klar. Auf dem Grund konnte man altes Laub erkennen und abgestorbene Äste. Ich stellte mir ein Mädchen vor, das da unten auf dem Rücken lag und mit weit aufgerissenen Augen in den Himmel starrte. – Mit dem Wasser ist es was Komisches, hatte mein Vater immer gesagt, das Wasser ist ein magnetisches Element.

Ich legte den Zettel und das Foto in die Schatulle zurück und steckte sie wieder ins Rohr. Dann stellte ich alles so her, wie es vorher gewesen war.

Am Kiosk schlichtete ein Mann Getränkeflaschen in einen großen Kühlschrank. – Haben Sie Black Spider? fragte ich ihn. Er schüttelte den Kopf. – Oder Flying Horse? Kopfschütteln. – Oder Isostar? – Nein, sagte er, aber Gatorade kannst du haben, das ist auch so ein Radfahrergetränk. Der Mann hatte keine Ahnung. Ich kaufte eine Flasche Gatorade. Nach der nächsten Kurve mischte ich mein letztes Briefchen Spezialmischung hinein. Ich nahm aber nur einen Schluck und steckte sie in den Rucksack.

Auf der Rückfahrt ging mir der eine Satz nicht aus dem Kopf: *Der Reinhold soll von meinen Sachen nichts bekommen.* Ich schwitzte.

Der Kaplan saß in der Küche am Tisch und spielte mit einem bunten Holzkreisel. Judith saß ihm gegenüber. Sie hatte einen weißen Plüschdelphin unter die rechte Achsel geklemmt und schaukelte sich weg. Sie trug wunderbare neue Verbände an den Unterarmen. An der Wand lehnte das schwarz-silber gesprenkelte Kevlar-Paddel. Der Kaplan deutete mit dem Kinn in seine Richtung. – Du hast es vergessen, sagte er. Ich nickte. – Setz dich zu uns, sagte er, willst du Kakao? Ich nickte noch einmal.

Mein Vater ist verschwunden, sagte ich nach einer Weile, vor nicht ganz zwei Jahren. Wahrscheinlich ist er ertrunken. Sie haben ihn nie gefunden. Auch sein Boot nicht. Es war ein blaues Prijon Canyon mit hellroter Aufschrift. Als einziges ist das Paddel aufgetaucht.

Der Kaplan schenkte mir Kakao ein. Judith klopfte mit ihren Fingerrücken die Schnauze des Delphins ab.

Ich wollte dorthin, sagte ich, genau an die Stelle, wo es passiert ist.

Wo ist das? fragte der Kaplan.

An der Enns. Gesäuse-Eingang.

Wie lange hättest du dorthin noch fahren müssen?

Einen halben Tag vielleicht, oder ein wenig mehr.

Nicht länger?

Nein, nicht länger, wenn das mit dem Sattel nicht gewesen wäre.

Der Kaplan spielte wieder mit dem Kreisel. – Mit ihr kann man nicht so spielen wie mit anderen, sagte er und wies auf Judith, der Delphin ist das allererste Stofftier, das sie akzeptiert.

Vater ist bei Hochwasser gefahren, erzählte ich. Es war zwar September, doch die beiden Tage davor hatte es heftige Gewitter gegeben. Der Pegel bei Gstatterboden war bei dreihundertfünfzig, einen Meter höher als sonst um diese Jahreszeit.

Kreuzzeichen, beten! sagte Judith und knallte dem Delphin die Faust gegen den Kopf.

Mich hat er nie mitgenommen, wenn es so gefährlich war, sagte ich, aber meine Mutter hat immer wieder zu ihm gesagt: Du bist ein Selbstmörder!

Der Kaplan blickte einige Augenblicke an mir vorbei, dann stand er auf und ergriff das Paddel. - Komm, sagte er, fahren wir! Ich kapierte nicht. - Was heißt: Fahren wir!? fragte ich. - Na, zu diesem Gesäuse-Eingang, sagte der Kaplan, wo dein Vater verschwunden ist.

Mit dem Rad? Ich fürchte, das schaffe ich momentan nicht.

Er lachte kurz auf. - Schaue ich aus, als könnte ich einen halben Tag mit dem Rad fahren? sagte er.

Also mit dem Auto?

Ja, mit dem Auto.

Judith sprang auf. - Nein, Judith, nein, rief sie, geh nicht zu nahe ans Wasser, da kannst du ertrinken! - Beruhige dich, sagte der Kaplan, du darfst mitfahren. - Nein, Judith, nein, rief sie und schlug sich die Faust gegen die Stirn.

Wo ist eigentlich Ihre Mutter? fragte ich beim Hinausgehen. - Einkaufen, glaube ich, sagte er.

Ich war vorhin in der Au, sagte ich, unmittelbar bevor wir ins Auto stiegen. Er sah mich an und schwieg. - Ich war dort bei der Trauerweide, sagte ich. Judith saß schon hinten drinnen und wetzte ungeduldig hin und her.

Ich habe das Foto gesehen und den Brief gelesen, sagte ich.

Er hielt mir die Beifahrertüre auf. - Komm, steig ein, sagte er. - Wie hat sie es gemacht? fragte ich. Er ließ mich stehen, ging ans Heck des Autos, legte das Paddel in den Laderaum und stieg ein. - Wie hat sie es gemacht? fragte ich noch einmal. Er ließ den Motor an. Na gut, dann nicht.

Weißt du, welche Strecke wir am besten fahren? fragte der Kaplan. Ich zog aus meinem Fahrradrucksack die Blätter eins und zwei der Straßenkarte Österreich eins zu zweihunderttausend und faltete sie auf. Unser Gebiet lag exakt im Überschneidungsbereich. – Gute Ausrüstung ist alles, sagte ich, zumindest hat das mein Vater immer gesagt. Der Kaplan erwiderte nichts. Ich war ihm dankbar dafür. Statt dessen griff er in die rechte Tasche seiner Soutane, zog etwas heraus und reichte es mir rüber. – Das müßte passen, habe ich mir gedacht, sagte er. Es war eine Music-Cassette, »Summer Hits« oder »Summer-Tophits«, egal, irgend etwas mit Sommer. Die dritte Nummer war Doop von Doop. Davor kamen Hyper Hyper von Scooter und als erste Nummer natürlich Scatman von Scatman John. Ich sah ihn fragend an. – Na, leg schon ein! sagte er. – Sie halten das aus? fragte ich. – Ich bin ja auch nicht von gestern, sagte er. Diesmal sagte ich nichts drauf.

Der Kaplan fuhr eher bedächtig, überholte nur Fahrräder, Traktoren und VW-Käfer. Der Sierra schien nicht mehr allzuviel herzugeben. Zumindest machte er in einem bestimmten Tourenbereich einen höllischen Lärm, Auspuffdichtung oder so.

Wir fuhren zuerst einige Kilometer auf kleineren Nebenstraßen und erreichten bei einer riesigen Saftfabrik die Bundesstraße 121. Zu diesem Zeitpunkt war die Kassette knapp vor dem Ende von Doop angelangt. Judith lag im totalen Dancefloor-Fieber. Sie brabbelte unverständliches Zeug, prügelte ständig den Delphin und wippte wie eine Irre. Tatatatadoopdoop.

Obwohl wir die Seitenfenster offen hatten, war es enorm heiß im Wagen. – Dunkelblau ist fast so schlimm wie schwarz, sagte der Kaplan, griff zum Fenster hinaus und klopfte auf das Autodach. Vor seinem Ohr rann ein Schweißbach zum Kieferwinkel hinunter und wurde am Stehkragen unterirdisch. Ich reichte ihm die Gatorade-Flasche. – Trinken Sie, sagte ich, das erfrischt. – Ein Elektrolytgetränk? fragte er. – So in der Art, sagte ich. Er trank mit weit zurückgelegtem Kopf. Wir schlängelten uns soeben durch Waidhofen an der Ybbs. – Wo ist denn der Kakao? erklang es von hinten, nein, Judith, nein! Wo ist denn der Kakao? Ich verstand. Sollte sie den Rest kriegen. Man konnte sie ja nicht verdursten lassen. Auf der langgezogenen Steigung zwischen Waidhofen und Oberland waren über den Kämmen der bewaldeten Berge die ersten Wolkentürme zu sehen.

Knapp hinter Weyer bogen wir in die115er ein. Die Enns, sagte ich, dann schnürte es mir den Hals zu. Auf der Straße wirbelte ein plötzlicher Wind hohe Staubfahnen auf.

Sie war nur kurz verschwunden, sagte der Kaplan unvermittelt, wir haben sie noch am nächsten Tag gefunden. Sie lag auf dem Grund des Tümpels. Sie dürfte bis zur Brust ins Wasser gegangen sein und sich dort die Pulsadern aufgeschnitten haben. Das Taschenmesser mit dem Perlmuttgriff lag neben ihr. Es war meines. – Geh nicht zu nah ans Wasser, sagte Judith, wo ist denn der Kakao? Aus den Lautsprechern tönte Mister Vain von Culture Beat. Ich glaube, eine andere Musik hätte auch nicht besser gepaßt. Nicht einmal Don Carlos.

Ich begann einfach zu erzählen, alle Paddel-Geschichten, die ich zur Verfügung hatte. Zuerst die Kaukasus-Geschichte. Dann die Kanada-Geschichte, wie Vater bei einer Befahrung des Northern Saskatchewan eine Sportstudentin aus Edmonton, Alberta, vor einem Rudel wütender Vielfraße gerettet hatte. Die Griechenland-Geschichte, wie bei einem Jagdrennen zwischen Sifnos und Serifos durch einen Sturm mehrere Teilnehmer in Seenot geraten waren und Vater beim Versuch, eine Bootskette zu bilden, beinahe ertrunken wäre. Schließlich die Slowenien-Geschichte, wie ein durchgedrehter Bauer vom Ufer der Soca aus auf die Paddler geschossen hatte und Vater von zwei Schrotkugeln in der rechten Schulter getroffen worden war. – Deine Mutter hatte unrecht, sagte danach der Kaplan, klingt alles nicht nach einem Selbstmörder, mehr nach einem Helden. – Rhythm is a Dancer von Snap. – Mein eigener Vater ist übrigens wenige Monate nach der Geschichte mit Gertraud gestorben, sagte der Kaplan, er war herzkrank. Rhythm is a Dancer Rhythm is a Dancer Rhythm is a Dancer. Ich hätte den Unterschied zwischen einem Helden und einem Selbstmörder nicht erklären können. – Wo ist denn der Kakao? fragte Judith. – Der Kakao ist aus! sagte ich. Ich dachte an Posa.

In Großreifling war es mit der Sonne endgültig vorbei. Die Gipfel der Ennstaler Alpen steckten in einem graubraunen Himmel. Die Hitze schien eher noch zugenommen zu haben. Judith bewegte wie in Zeitlupe die Finger vor ihren Augen hin und her. Der Kaplan war am Abtreten. Er sprach nichts mehr und zuckte immer wieder heftig mit den Armen. In Hieflau hielt er schließlich auf dem Bahnhofsparkplatz an. – Ich kann nicht mehr, sagte er und legte die Unterarme aufs Lenkrad.

Wir sind fast da.

Es nützt nichts, ächzte er, ich brauche eine Pause. – Gatorade! sagte ich.

Wie bitte?

Gatorade, sagte ich, bei manchen wirkt es paradox.

Ich brachte ihn noch dazu, auf den Beifahrersitz zu rutschen, dann schlief er ein. Draußen fielen die ersten schweren Tropfen.

Kupplung, starten, erster Gang, langsam weg von der Kupplung, Gas, Blinker, Kupplung, zweiter Gang. Der

Siera fuhr sich kaum anders als der Volvo. Es gab kein Problem. Nicht einmal ein Traktor, den ich überholen hätte müssen.

Hartelsgraben, Kummerbrücke, Gstatterboden, die Abzweigung nach Johnsbach, alles wie früher.

Den letzten Kilometer fuhr ich kaum schneller als dreißig, um ja den winzigen Parkplatz über der Schlucht nicht zu übersehen. Er war leer. Ich stellte den Wagen ab.

Ich spulte die Kassette zum Anfang zurück, stieg aus, holte mir von hinten das Paddel und trat ans Geländer. Judith folgte mir. - Nein, Judith, nein, sagte sie, geh nicht zu nah ans Wasser, da kannst du ertrinken! Dann warf sie den weißen Plüschdelphin in hohem Bogen in den Abgrund. Dabei lachte sie laut auf. - Weißt du, sagte ich zu ihr, was mein Vater einmal zu mir gesagt hat, als wir vom Fußweg aus die Lammeröfen besichtigten? Manche springen da hinunter, hat er gesagt, und sind tot, und manche springen nicht hinunter und sind auch tot.

Ich weinte. Ich beschloß, das Paddel zu behalten.

Nach einer Weile war ich tropfnaß. Ich stand immer noch an der Brüstung. Aus dem offenen Auto drang Doop von Doop, hundertzwanzig Schläge pro Minute. Drinnen schlief selig ein Kaplan. Das Mädchen neben mir schaukelte langsam.

Tief unter mir toste der Fluß dahin, einstweilen noch harmlos, denn der Regen hatte erst vor kurzem begonnen.

Umschlaggestaltung: Robert Hollinger
Druck: Wiener Verlag, Himberg bei Wien

Printed in Austria

ISBN 3-216-30323-3